道理也要打假

——朱穆之政论杂文选

朱穆之 著

ZHUMUZHI
ZHENGLUN ZAWENXUAN

五洲传播出版社

图书在版编目（CIP）数据

道理也要打假：朱穆之政论杂文选／朱穆之著：
—北京：五洲传播出版社，2009.11

ISBN 978-7-5085-1611-0

Ⅰ.①道... Ⅱ.①朱... Ⅲ.政论－中国－文集②杂文－作品集－中国－当代 Ⅳ.①D602-53 ②I267.1

中国版本图书馆CIP数据核字（2009）第199657号

道理也要打假——朱穆之政论杂文选

出版发行：五洲传播出版社

责任编辑：汤贺伟／崔斌箴
装帧设计：缪 惟／潘宏伟／林国霞

社址：北京市海淀区北小马厂6号 邮政编码：100038
发行电话：010-58891281 传真：58891281
网址：www.cicc.org.cn

制版单位：北京锦绣圣艺文化发展有限公司
印刷：北京彩和坊印刷有限公司
开本：787×1092 1/16 印张：22 印数：1—3000册

2010年1月第1版 2010年1月第1次印刷
ISBN 978-7-5085-1611-0 定价：78.00元

作者近照

作者简介

朱穆之，1916年12月生，江苏省江阴县人。1936年加入“抗日民族解放先锋队”，1938年加入中国共产党；曾连任中共第十届、十一届、十二届中央委员会委员；第十二届、十三届中央顾问委员会委员。

1935年，朱穆之在北京大学读书时，参加“一二·九”抗日爱国民主运动，是北大学生会三主席之一、北平东城区近20所大、中学游行队伍总领队。1937年，抗日战争爆发后不久，朱穆之流亡南京办报。1938年进入华北抗日根据地。1939年至1942年，在八路军一二九师先后担任宣传部副部长、统战部副部长、太行第六军分区政委，后又到地方做党的宣传、政治工作。

1946年以后直到1977年，朱穆之长期在新华通讯社总社工作，先后任解放区部主任、副总编辑、副社长、社长。“文化大革命”开始后，朱穆之被打倒受迫害，1972年复出，因同“四人帮”斗争，1976年春，再次被打倒。

1976年10月，粉碎“四人帮”后，朱穆之任中央宣传口负责人之一。1978年，中央宣传部恢复后，朱穆之任副部长，主管部内日常工作。1982年至1986年，朱穆之任文化部部长。从1980年中央成立中央对外宣传小组起，至1992年底离休，朱穆之一直担任中央对外宣传小组组长。1991年4月至1992年底，任国务院新闻办公室主任。1993年，中国人权研究会成立后，朱穆之任会长，2000年10月起，改任名誉会长。在任中央对外宣传小组组长期间，朱穆之还是中央外事工作领导小组成员、顾问；中央对台工作领导小组成员；中央宣传思想工作领导小组成员。

朱穆之并曾任第二届、第三届全国人大代表；第二届全国政协委员，第五届全国政协常委；还曾任中国对外文化交流协会会长、中韩友好协会会长。

朱穆之曾出版《关于新闻工作》、《改革，才能开创文艺工作新局面》、《朱穆之论对外宣传》、《朱穆之论人权》和《风云激荡七十年》等著作。

出版说明

一、朱穆之是我国新闻、宣传、文化界的老前辈，是改革开放新时期对外宣传事业和人权研究工作的主要开拓者之一。为了更好地传播朱穆之良好的思想作风和工作经验，以利于在新闻、宣传、文化界发扬优秀的传统，本社自1995年至2007年初先后出版了《朱穆之论对外宣传》、《朱穆之论人权》和《风云激荡七十年》等著作。朱穆之著作出版以来，在社会上产生了较大反响，受到广大读者特别是从事新闻、宣传和人权研究工作同志的欢迎。

二、近几年来，朱穆之又写了很多文章。同时，从作者过去文稿中发掘出许多未曾发表的文章。本书从最近收集到的112篇文章、讲话、谈话中，选出104篇。其中，绝大部分未曾发表，有一部分曾在报刊上登载。

三、书中文章主要采取政论内容、杂文形式。文章围绕中国发展道路而生发议论和思考，强调要坚定不移地走中国特色社会主义道路；对“左”的和右的错误观点进行了批判，对西方某些势力借人权、西藏等问题“西化”、“分化”中国的图谋进行了揭露。

四、为阅读方便起见，本书将内容相近的若干篇连在一起，分为六类：第一类为主要围绕中国发展道路的政论杂文，第二类为论述人权的文章，第三类为论述中美关系的文章，第四类为论述对外宣传的文章，第五类为文化杂谈，第六类为编后新作。

五洲传播出版社

2009年8月

目 录

第二部分　论人权

第三部分　论中美关系

第四部分　论对外宣传

第五部分　文化杂谈

第六部分　编后新作

朱穆之政论的特色

（代序）

本书所收入的文章，绝大多数是朱穆之写的政论，其中许多篇是针对社会上错误的思潮和观点而发的。品读这些政论，可以发现它有三大鲜明的特色，即批判的风格，辩证的观点，平实的文风。

批判的风格

第一、朱穆之的政论具有马克思主义的战斗的、批判的风格。

马克思主义本身是战斗的、批判的。《共产党宣言》批判了各种反动的、错误的政治主张和社会思潮，在批判中阐明共产主义原理和共产党的基本纲领。《资本论》另题是《政治经济学批判》。《哥达纲领批判》、《反杜林论》，书名本身就说明了其批判性。可以说，马克思主义是在斗争中创立的，在斗争中发展的。

为了宣传马克思主义，捍卫马克思主义，朱穆之主张对反马克思主义的错误观点和错误思潮进行针锋相对的批判。他认为，如果光是进行正面宣传教育，而对反面的观点不作批判，不与之交锋，“那就会像两条平行线，你说你的，我说我的，难以解决问题”，难以让人划清马克思主义与反马克思主义的界线，特别是难以分清真假马克思主义。

朱穆之在《关于‘双百’方针》一文中谈到“百花齐放”时说，百花齐放，意味着只要是花就可以放，但有自称是花而实际不是花的，因此百花齐放仍然是有条件、有界限的，要有批评、甄别。谈到“百家争鸣”时说，鸣有莺声燕语，悦耳动听，也有驴叫狼嚎，令人不忍卒听，还有噪音、声音污染，因此不能让其齐鸣，而必须争，分出个优劣。

在《道理也要打假》一文中，朱穆之说：“对于假道理要旗帜鲜明地批，有人可能会顾虑反而扩大了它的影响。对于那些没有什么迷惑力或者没有多少人会注意的假道理，确是不必去理睬，而对于那些涉及原则和大局的有迷惑力的假道理，不加揭露批判，那就是放任它散布扩大影响，后果严重。”

近一些年来，我国有人主张新闻出版工作“只栽花，不除草”。这显然是片面的。草会阻碍花的生长，不除草，花能开好吗？报刊宣传，应以正面宣传为主，但不能取消批评性的报道和评论。胡锦涛同志谈到报纸宣传工作时说：“讴歌真善美，鞭挞假恶丑”（2008 年 6 月 20 日视察人民日报社的谈话）。

朱穆之专门写了《栽花和除草》一文，从更宽广的角度谈了自然界和人类社会都是按照对立统一的规律发展的，斗争是不可避免的，但不能乱斗。

凡事有破有立，破中有立，不破不立。事物是在矛盾运动中发展的，只有不断地揭露矛盾，解决矛盾，事物才能不断地发展。这是客观规律。我们在意识形态领域也不能回避矛盾、掩盖矛盾，而是要正视矛盾、应对矛盾。

有人错误地理解邓小平关于改革中不争论的话，主张什么事都不要争论。实际上，邓小平讲的不争论，是指在改革过程中对具体的方法和措施不要搞无谓的争论，以免贻误时机；而对于方向性原则性问题，邓小平是强调要争论的。1989年5月，邓小平在同两位中央负责同志谈话时说："某些人所谓的改革，应该换个名字，叫做自由化，即资本主义化。他们改革的中心是资本主义化。我们讲的改革与他们不同，这个问题还要继续争论的。"（《邓小平文选》第三卷第297页）这不是明明白白地主张对于方向性问题要争论吗？在此之前，1981年7月，邓小平同志与中央宣传部负责同志就思想战线上的问题谈话时说："对于各种错误倾向决不能不进行严肃的批评"，"批评的方法要讲究，分寸要适当，不能搞围攻，搞运动，但是，不做思想工作，不搞批评和自我批评，一定不行。批评的武器一定不能丢。"（《邓小平文选》第二卷第312页）

朱穆之平常待人接物温和谦让，对于个人得失从不计较；但是，他对于涉及党和人民根本利益的原则性问题是毫不含糊的，他每接触到损害党和人民利益的言行，内心就难以平静，就想起而批评。他写的许多篇政论都是有针对性的，有对立面的，有批判精神的。

辩证的观点

朱穆之政论的第二大特色，是以辩证的观点，既反对"左"的错误倾向，又反对右的错误倾向。

我们党根据马克思主义的普遍真理，结合中国的具体情况和时代特征，创立了中国特色社会主义理论体系，开辟了中国特色社会主义道路。实践证明，这条道路是把中国从贫穷落后引向富强文明的康庄大道，是完全正确的。它不仅得到中国广大党员和人民群众的拥护,而且得到世界各国有识之士的称赞。但是，党内和社会上却不时地出现反对这条道路的噪音。噪音有两种，一种是主张回头走老路；一种是主张走西方的路。前一种是“左”的，后一种是右的。

朱穆之坚定地站在党的立场上，主张毫不动摇地坚持走中国特色社会主义道路，反对偏离这条道路的“左”的和右的倾向。

2007年10月，朱穆之作为列席代表参加党的十七大会议。当时有一种议论，夸大党的缺点，攻击毛主席，攻击所谓“一党专政”，极力主张中国走民主社会主义道路。也有另一种议论，否定改革开放取得的巨大成就，夸大改革开放中出现的问题和困难，主张实行“无产阶级专政下继续革命”，回头走老路。针对这两种错误的论调，朱穆之在小组会上作了《关于坚持中国特色社会主义道路的几点思考》的发言。在发言中，他充分肯定了改革开放和社会主义现代化建设的巨大成就，有力地论证了中国特色社会主义道路的正确性，也指出了存在的问题，主张“披荆斩棘，开山辟路，坚定不移地沿着这条道路奋勇前进”。他在发言中对于“主张另辟蹊径，实行民主社会主义”的右的观点进行了批判；对于“要求回头实行无产阶级专政下继续革命”的“左”的观点也进行了批判。他强调“反对资产阶级自由化是一场长期艰巨的斗争”。他还对实行共同富裕问题，发扬党内民主问题提出了建设性意见。朱穆之的发言，在小组会上得到绝大多数同志的赞同，而“主张实行民主社会主义”的发言和“主张实行无产阶级专政下继续革命”的发言，都遭到了冷漠和反对。

胡锦涛同志在党的十七大报告中宣告，中国坚持走中国特色社会主义道路。2008年12月，胡锦涛同志在纪念党的十一届三中全会召开30周年大会上讲话时又重申：“决不走封闭僵化的老路，也决不走改旗易帜的邪路，而要坚定不移地走中国特色社会主义道路”。这赢得了广大党员和人民群众的衷心拥护；但是党的十七大以后，要求离开中国特色社会主义道路的噪音、杂音仍然时有出现。

近来，一些鼓吹民主社会主义的人又大肆鼓吹“普世价值论”，主张以“普世价值论”为指导来实施中国的政治体制改革。

针对“普世价值论”，朱穆之连续写了4篇批判文章：《道理也要打假》、《关于普世价值》、《逆历史潮流大复辟》、《〈普世价值：求同存异，同舟共济〉批注》。朱穆之在文章中，揭露某些人鼓吹“普世价值论”的实质是鼓吹美国价值，鼓吹美国的民主政治制度，“一句话，就是要中国走西方的道路”。

此外，朱穆之在《立于不败之地》、《是前进还是倒退》等文章中，也对主张走西方道路的右的观点和主张回头走老路的“左”的观点进行了批判。近一些年来，有的人一个劲地批“左”不批右，而且把正确的当作“左”批；有的人一个劲地批右不批“左”，而且把正确的当作右批。朱穆之始终站在党的正确立场上，以唯物辩证法的观点，以实事求是的态度，既批“左”，又批右，坚持开展两条战线的斗争。

平实的文风

朱穆之政论的第三大特色，是文风平实。

平实，首先表现在平和。朱穆之不是以居高临下的态度，而是以平等的态度来论事辩理。他对错误观点的批判是鲜明的，但语调是平和的。他对事不对人，只批判错误观点，不点人名，绝没有“大批判”的那种火药味。鲁迅说：“谩骂不是战斗”。在朱穆之的政论里，找不到半句谩骂的话。

平实，还表现在实实在在。朱穆之的政论，不讲空话、套话、大话，不搞“空对空”，而是摆事实、讲道理，既言之有理，又言之有据。他也不搞“弯弯绕”，而是开门见山，单刀直入。他写的政论中，以短论居多，虽只寥寥几百字，但能一针见血，鞭辟入里。

深入浅出，是朱穆之平实文风的又一表现。他的政论寓意深刻，但行文浅显易懂，即便是较低文化程度的读者也能领略其意。朱穆之喜用并巧用比喻，用比喻来说理。例如，他在《道理也要打假》一文中，谈揭露假道理的必要性时，就以识别真假人民币为例说：“要大家知道真假，只讲什么是真，不讲什么是假，那还不能解决问题。因为许多假，伪装得可以乱真，一般人不容易区分。比如假人民币就是如此。如果仅是要人仔细看真人民币，不告诉他假人民币假在哪里，那么一般人还可能分不清。”这个比喻多么浅显易懂。

朱穆之年逾九旬，但他的政治热情，还像他70多年前作为北大学生领袖参加“一二·九”运动那样地饱满，他还始终保持着清醒的政治头脑和敏锐的政治洞察力。我们期待着，今后还会不断地读到他所写的政论佳作。

本书编辑小组

2009年7月于北京

第一部分

论中国发展道路

关于坚持中国特色社会主义道路的几点思考
——在党的十七大列席代表小组会上的发言

（2007年10月）

必须坚持中国特色社会主义道路

中国特色社会主义是一条正确的道路，是振兴发展中国的道路，实践已做出检验。中国之有今天，是坚持这条道路的结果。

今天的中国，当然也不是一切顺利，仍有不少问题，有的还相当突出。这也不奇怪，这是一条从未有人走过的道路，艰难曲折是很自然的。面对实际，只有鼓足勇气，克服困难，尽可能避免和减少主观上的错误。邓小平说得好，“如果固守成规，照过去的老框框一模一样地搞，没有一些试验，一些尝试，包括受一些挫折，有一些失败的尝试，肯定达不到我们的战略目标。”（《邓小平文选》第三卷第318页）

面对当前的局势，成绩伟大，问题突出，有些人不能全面正确对待，以偏概全，看得一团漆黑，惊慌失措，对中国特色社会主义道路发生动摇，甚至根本否定。有两种不同的思潮，但殊途同归。他们都要离弃中国特色社会主义道路。一种是主张另辟蹊径，实行民主社会主义。他们自称是马克思主义主流派。另一种是要求回头实行无产阶级专政下继续革命。他们自称高举马列主义毛泽东思想旗帜。

这两种思潮都十分危险，任其发展，将葬送中国。

任何时候，对于局势的观察，必须全面，把成绩和缺点都放在全局中来分析，分清主流支流。主流是好的，对全局就应基本肯定；主流不好，对全局就应基本否定。不分主流支流，把支流当主流，那就是不分孩子和脏水，会把孩子和脏水一起泼掉。只看到主流，不看支流，孩子就会一直泡在脏水里，最终害了孩子。

今天中国的情况如何呢？虽然存在着不少问题，有的还相当严重，但从总体上和发展的角度来看，是越来越好呢，还是越来越糟呢？综合国力是越来越强呢，还是越来越弱呢？人民生活是越来越改善呢，还是越来越下降呢？如果不是别有用心，不是带着有色眼镜，应该承认中国的情况和过去相比，真是有天壤之别。

事实证明，中国特色社会主义才是把中国建设成为社会主义强国的正道，尽管路途崎岖曲折，必须披荆斩棘，开山辟路，坚定不移地沿着这条道路奋勇前进。

唐僧西天取经，路遇八十一难，但目标正、路线对，坚持斗争，终于到达西天取得真经。唐僧遇到的困难不能说不大，拦路的妖魔鬼怪不能说不凶恶，但只要不怕困难、坚决斗争，正必克邪，终究可以战胜。如果像猪八戒似的，一遇到厉害的妖魔鬼怪，就嚷着要回高老庄，那还能取得什么真经？但是猪八戒虽然发生过动摇，仍能回到正道，最后坚持到了西天。今天我们难道还能不如猪八戒？

还要讲反对资产阶级自由化

大家都讲坚持邓小平理论，讲得最多的恐怕是改革开放，这很对。但是反对资产阶级自由化，应该是邓小平理论的一个不可分割的十分重要的内容。邓小平理论所以能引导中国之有今天，就在既讲改革开放，也讲坚持四项基本原则，也就是反对资产阶级自由化。试想，如果不是在十一届三中全会决定实行改革开放后，接着邓小平就提出四项基本原则，以后又不断强调反对资产阶级自由化，甚至提出在一段时间内要着重反对资产阶级自由化，直至坚决粉碎资产阶级自由化泛滥达到顶峰的“六四”风波，中国能有今天吗？

邓小平说，“反资产阶级自由化还要搞二十年，现在看起来还不止二十年。资产阶级自由化泛滥，后果极其严重。”（《邓小平文选》第三卷第379页）情况是否不同了呢？现在是否可以不讲或少讲反对资产阶级自由化了呢？

完全不是。在“六四”风波后近二十年的今天，不是就有人，而且是党的高级老干部，竟然提出只有民主社会主义才能救中国，还把瑞典作为典范。瑞典是社会主义国家吗？是地地道道的资本主义国家。中国有条件成为瑞典吗？根本不可能。如果当初中国共产党不是实行马列主义，而是执行民主社会主义，能推翻“三座大山”、取得革命胜利吗？

“六四”风波以后，资产阶级自由化思潮受到痛击，有相当一段时间有所收敛。但是只要在世界上资产阶级仍占有强大的优势，只要国内仍有滋生资产阶级分子的土壤，（山西黑砖窑的老板不就是资本主义原始积累的资本家？）资产阶级自由化思潮就不会停止，而会时起时伏，如不注意，就会泛滥，造成严重后果。

反对资产阶级自由化是一场长期艰巨的斗争，应该不断加强进行正面教育，但还必须进行必要的交锋。不然，那就会像两条平行线，你说你的，我说我的，难以解决问题。而且谬种流传，会贻害更多人。只是堵，也不行。还要对那些有迷惑力的似是而非的谬论，如过去那样，旗帜鲜明地加以有根有据、有说服力的批驳。可能有人担心批评争论是否将影响稳定发展，但是不坚决鲜明地反对资产阶级自由化，就不能稳定和顺利地改革开放，更谈不上发展。这是改革开放以来三十年的实践所证明了的。

马克思主义和实行社会主义必然要随着时代发展，与时俱进。如何发展，可以允许讨论，特别是在党内。但是应该按照党章的规定，不是毫无限制。至于要求否定马列主义毛泽东思想，否定社会主义，否定党的领导，这就是另一类问题了，不是讨论发展，而是要根本改变党的性质、另立一个党了。天下有允许在党内反对党的根本宗旨的党吗？

要讲共富

共富，这是人类悠久的理想。只是马克思主义诞生后，才使这个理想成为可以实现，而不是空想。这就是为什么马克思主义这么吸引人，特别是在底层的劳动人民。

在社会主义的中国，怎样实现共富？中国从实际出发，提出让一部分人先富，带动后富，逐步达到共富。这就是社会主义中国的一个特色。

中国特色社会主义使中国空前快速发展，由解决温饱到奔向小康。不少地区、不少人富起来了。但是如何跟上共富，存在不少问题。下岗就业问题、看病难、上学难、住房难等，还有少部分人没有完全解决温饱，就是具体表现。自然，也应当看到，既然让一部分地区和一部分人先富起来，也就自然会发生一部分人仍然困难，一时没有跟上。问题在如何及时解决。

中央已注意和解决这些问题，比如一再提出要解决人民最关心、最直接、最现实的利益问题。如何让未富起来的一部分地区和一部分人及时跟上共富，这是十分关键的问题。邓小平1992年在武昌等地的谈话中就提出了这个问题。他说，如何让先发展的地区带动后发展的地区，“在本世纪末达到小康水平的时候，就要突出地提出和解决这个问题。”（《邓小平文选》第三卷第374页）

解决好先富带动后富、逐步达到共富，这直接关系到稳定，也关系到改革开放，更关系到能否建设中国特色社会主义。稳定、和谐，最根本的问题是利益问题。一部分人得利、一部分人受损，贫富悬殊，这就不可能稳定和谐。公平、公正，也直接影响稳定和谐，而不公正、不公平涉及的问题主要也是利益问题。如果富的越来越富，穷的越来越穷，两极分化，那就没有什么社会主义了。邓小平说，“社会主义最大的优越性就是共同富裕，这是体现社会主义本质的一个东西。如果搞两极分化，情况就不同了，民族矛盾、区域间矛盾、阶级矛盾都会发展，相应地中央和地方的矛盾也会发展，就可能出乱子。”（《邓小平文选》第三卷第364页）

如何由先富带动后富、达到共富，这是开天辟地头一遭，只能探索前进。但经过这些年的实践，已有不少经验教训，应该作为一个重要而迫切的课题，发动大家研究总结，逐步能提出一个大体的规划，以利共同努力。这已有一定基础，如实行区域协调发展、城乡协调发展、经济社会协调发展，解决“三农”问题，解决社会保障问题，重视分配问题等等，这都是直接与共富有关。

同时，应该大力加强对共富的宣传教育。实行社会主义就是要逐步实现共富，讲社会主义而不讲共富，那还有什么社会主义？现在大家都痛恨贪污腐败；贪污腐败从思想上来说，对先富共富，就只讲先富，不讲共富。先富只是手段，共富才是目的。把先富当作目的，只求个人富，不顾他人死活，就可以为达到目的，不择手段。应该使先富起来的地区和人民认识到，共富是中国人民共同的理想和追求的目标，自己富起来是全国人民支持的结果，自己既已开始富起来，就有义务支持未富起来的地区和人民。这原来也就是自己的要求和理想。以追求共富为荣，要形成社会风尚。同时也使未富起来的人民懂得，让一部分地区和人民先富起来，这才能带动自己富起来，最后实现共富。要提倡向以合法劳动致富的人看齐。所有的人也要了解如何实行共富（不是拉下先富，而是扶起未富）、共富的大体规划如何，这样已富的人和未富的人都安心，齐心协力奔共富。

立于不败之地

（2008年）

振兴中华，建立一个社会主义强国，不可能一帆风顺，而是千难万险。最近西方反华势力利用西藏拉萨“3·14”事件和奥运会对中国发动的围攻，是又一次发作。如何雄关迈越，立于不败，有内外因素，内因是决定性的。

最根本的一条是坚持走中国特色社会主义道路。这已为实践证明是完全正确的道路。一切内外反动派千方百计要推翻这条道路，只要推翻了，什么振兴中华、建设社会主义，都变为乌有。

坚持走中国特色社会主义道路，首先是要思想上决不动摇。有两种思潮干扰，一是要倒退实行无产阶级专政下继续革命，一是要“西化”，走西方的路。现在主要是后者。西方资产阶级力量依然十分强大，千方百计“西化”、“分化”我国，而国内进行改革开放，政策调整，有些人就对过去的道路发生怀疑和动摇，于是不仅一些年青人，而且有些所谓老干部也容易受到西方的资产阶级自由化的思想影响。为此首先必须继续坚决反对资产阶级自由化。

堡垒最容易从内部攻破。而最危险的是领导层或骨干在思想上发生动摇和转向。苏联垮台的原因当然是多方面的，但领导层的蜕变如果不是关键性的，至少也是催化剂。因此，坚持既定方向和道路不动摇，必须中央和各级骨干立场明确，旗帜鲜明。

及时正确处理人民之间的矛盾，是坚持中国特色社会主义道路的必要条件。这是一条正确的但是从未有人走过的道路，一路上会取得不断的成功，也会遇到种种困难和挫折；会不断加强人民的信心和团结，也会不断带来人民之间新的矛盾。最基本的是利益的矛盾。所谓无，有无的矛盾；所谓有，有有的矛盾。

社会主义的本质特性是共富。中国特色社会主义的特色之一是让一部分地区和一部分人先富起来。这就发生一部分地区和一部分人先富起来了，而其他地区和人没有富，这是主要矛盾。

解决矛盾的根本条件是蛋糕做大，也就是发展。但是随着蛋糕做大，如何切是关键。切得好，大家高兴，有利于把蛋糕越做大，切不好，就引起矛盾，不利于今后做大蛋糕。让一部分地区和一部分人先富起来，就是要为蛋糕做大的地区和人切得多些，但其他地区和人也是做蛋糕的参加者，也应不断切得多些，而且双方的大小差距应该逐步有所缩小。不能只顾一头，更不能双方差距越拉越大，那就贫富悬殊、两极分化，不仅不能发展，而且必然引起混乱。

现在我国已持续快速发展，一部分地区和一部分人已逐渐富裕起来，但是还有许多地区和人民虽然各方面都有改善，仍然水平较低。及时正确处理这一问题，十分重要。如果人民内部的主要矛盾得到正确解决，其他矛盾也就相对容易解决。这就保证了社会稳定，促进发展。正确处理好这个问题，是涉及建设社会主义的根本方向问题。

中国的历史实践证明，只有共产党才能领导革命和建设不断取得成功。共产党所以能领导成功，在于共产党始终密切联系群众，及时制定代表广大人民利益的路线、方针、政策，全心全意为之奋斗，并能正确实施，加以实现。建设中国特色社会主义这一已被实践证明正确的道路就是中国共产党提出的，现在的任务就是要如何保证坚持下去并不断取得成功。

最重要的还是要密切联系群众，想人民之所想，急人民之所急，根据实际情况的发展，不断制定和贯彻完全符合人民利益的路线、方针、政策，这是具有关键性的问题。这样党才能继续不断起到领导作用，也才能保证中国特色社会主义道路得以坚持下去。

党从在野党变为执政党，最危险的是脱离人民群众。在野时，一刻也不能脱离群众，否则马上不能存在；而执政时，权在手，一时脱离，还不会倒台。但这也就不久了。因此，在执政时必须时刻警惕不能脱离人民群众。为了党能始终密切联系群众,应该制定从中央到基层的必要制度。

党所以能保持与群众的密切联系，主要是通过广大党员能及时了解和掌握社会各阶层和各方面的意见和要求。因此党在制定路线、方针、政策时，必须广泛听取党员的意见，充分发扬民主，在发扬民主的基础上实行集中。只要遵守党员行为准则，对不同意见，应允许保留，不得打击压制。历史证明，过去党的政策发生严重错误的时候，常常不仅党内一般党员会有不同意见,而且在领导层也会有不同声音。但是由于不能充分发扬民主，正确实行民主集中制，而对不同意见任意上纲上线，采取打击和压制办法，以致错误一发不可收拾。否则，即使发生错误，也比较容易改正。

路线正确，上下思想一致坚定，人民之间主要矛盾得到正确处理，党的领导始终不脱离人民群众。这就任凭风浪起、稳坐钓鱼船，可永远立于不败之地。

邓小平的讲话为什么称为十一届三中全会的主题报告？

——答中央文献研究室问（要点）

（2008年）

邓小平同志的讲话虽然只是在十一届三中全会前召开的中央工作会议闭幕会上讲的，但是全会实际上是围绕讲话进行的，它的确起了全会主题报告的作用。

当时全党的最大问题是如何了结过去，开创未来。了结过去，主要是如何评价“文化大革命”和毛主席，处理影响大而广的冤假错案以及天安门事件。开创未来，是否定“两个凡是”后究竟怎样走。讲话对解决这两大问题提出了非常正确的主张，因此成为全会讨论的中心。

讲话首先提出解放思想，这不仅使人们的思想从“四人帮”的极“左”和“两个凡是”中解放出来，也打破了过去的一些老概念、老框框，摆脱思想的僵化。这就为解决两大问题解除了种种思想障碍，有了正确的指导方针。

比如，林彪讲“政治可以突击一切”，“文化大革命”中大批重视生产、认为那样就是修正主义。对于政治与经济的关系，过去一般的认识也是片面和模糊混乱的，常常把两者完全割裂开来，总认为政治是政治，经济是经济，而且只有政治最重要。因此在中央工作会议上提出要把今后全党的工作重心转到实现四个现代化上来，也就是以经济建设为中心，在讨论中一些人就有不少顾虑，怕忽视了政治。讲话明确提出，评价一个经济部门领导得好不好，应该主要看“实行了先进的管理方法没有，技术革新进行得怎么样，劳动生产率提高了多少，利润增长了多少，劳动者的个人收入和集体福利增加了多少。各条战线的各级党委的领导，也都要用类似这样的标准来衡量。这就是今后主要的政治。”这是符合马列主义的。列宁曾说：“要是用旧观点来理解政治，就可能犯很大的严重的错误。”“在资产阶级世界观的概念中，政治好像是脱离经济的。”“现在我们主要的政治应当是：从事国家的经济建设，收获更多的粮食，供应更多的煤炭，解决更恰当地利用这些粮食和煤炭的问题，消除饥荒，这就是我们的政治”（《列宁选集》第四卷第370～371页）。这是列宁在全俄罗斯省、县国民教育厅政治教育委员会工作会议上的讲话，在会议的讨论中我曾引用过。

邓小平的讲话不仅打消了疑虑，也使人们对政治和经济关系的认识从老概念、老框框中解放出来。

思想解放，脑筋开动，这就打开了从实际出发、实事求是、大胆改革开放的大门。如讲话建议，“要允许一部分地区、一部分企业、一部分工人农民，由于辛勤努力成绩大而收入先多一些，生活先好起来。一部分人生活先好起来，就必然产生极大的示范力量，影响左邻右舍，带动其他地区、其他单位的人们向他们学习”。“这是一个大政策，一个能够影响和带动整个国民经济的政策”。这在过去是不可想象的，是非常英明的创见。它成为中国特色社会主义的一个特色。

全会经过热烈讨论，完全同意讲话。于是开创了一个历史的新时期，开辟了一条全新的道路，以经济建设为中心，坚持改革开放，坚持四项基本原则，建设中国特色社会主义。

因此，称讲话是十一届三中全会的主题报告，不仅完全符合实际，它也真正是开辟建设中国特色社会主义道路的宣言和纲领。

理论务虚会揭开反资产阶级自由化序幕

（2009年1月）

关于理论务虚会的召开，是1979年1月7日胡耀邦在宣传工作座谈会上定的，后来在中央宣传部的会上将开会时间定在1月18日。

为什么要召开这次会议，胡耀邦在“引言”中详细讲了。在1月初中央宣传部的会议上，他说，“宣传理论处于一个重要历史时期。一些旧的东西须继续清理。要有理论上的勇气，提出问题，解决问题。要有远见，看到我国所处的历史条件、今后的发展。”“无产阶级专政下继续革命，就是一个要弄清的问题，究竟含意是什么？是否继续使用？”“社会主义社会的阶级斗争是否始终存在？在什么范围内存在？是否为发展动力？”“党的发展史是否就是路线斗争历史？是否每天存在路线斗争？”他还说到另一种情况，“否定毛主席远远超过了范围，反对党的领导，怀疑社会主义、马列主义毛泽东思想的基本原理，因而出现一些地方闹事，出现油印小册子、民主墙。”“社会主义不如资本主义，不是少数人提。”“思想界要有统一思想，以统一全国。”

从这个讲话可以看出，当时不仅有许多“左”的错误思想要清理，也发觉存在严重的右的思想。但是胡耀邦在会议的“引言”中提出，会议的目的是两条：除了继续清理“左”的思想，更重要的是研究以实现四个现代化——经济为中心的新情况，解决新问题。这确实就是当时要召开会议的目的，主要是向前看。虽然在讲话的最后他也提到一些右的思想和表现，但是显得只是附带的。

会议开始后，却出现了许多极为出格的言论。怀疑和否定党的领导，把“四人帮”和党混为一谈；怀疑和否定社会主义，认为是否不应该搞社会主义革命；根本否定毛主席，认为有品质问题等等。这是未曾料到的。会议的倾向不是原来要求的向前看，而是向后看。

由于参加会议的人都是思想理论战线的骨干，发生这种情况确实是非常严重。胡耀邦当时是中央秘书长兼宣传部长，他认为他出来讲话不够份量。他说，只有请小平同志出来。当时他和少数人商量，请小平同志讲些什么。大家认为解放思想必须有个界限，是叫几条方针或准则，没有定。后来向邓小平汇报后，胡乔木回来说，叫四项基本原则。

当时邓小平已非常注意发生的右的错误倾向。3 月 16 日他曾严厉批评报纸：“报纸宣传要注意，要向前看，不能向后看。不向前看，有何希望？就是冲，冲垮了，还有什么‘四化’、安定团结？”

因为要请小平同志出来讲话，因此会议拖得比较长。小平同志在3月30日发表了“坚持四项基本原则”具有重大历史意义的讲话。

四项基本原则的提出，使人一时心明眼亮，对澄清混乱思想起到了非常重要的作用，并成为建设中国特色社会主义总路线的基本内容之一，也成为邓小平理论的主要构成部分。

但是理论务虚会后，右的思潮并没有平息，有人当时就攻击四项基本原则是“四条棍子”。斗争继续着，时起时伏。但会议起到了揭开反资产阶级自由化斗争序幕的历史作用。

道理也要打假

（2009 年 1 月）

什么都有假，都要打。现在打的一般都是物质方面的，如假钞、假药、假发票、假文凭等等，这些都害人不浅。精神方面的假，其实也相当普遍，如假笑、假哭、虚情假意、笑里藏刀等等，这些比物质上的假，害人可能更深。而道理也有假，假小道理让人碰壁，假大道理就可能危及整个社会、一个国家，乃至世界。但是对假道理似乎还没有像对物质方面的假那么齐声叫打。

假道理常常被说得头头是道，有根有据。但是他们根据的事实是片面的，理是歪的，如有一点好、一时好，就全面肯定，有一点坏、一时坏，就全面否定。这有时确很吓唬人。比如对于中国共产党领导的革命和建设，对于中国特色社会主义，一些人、国内国外，就采取这个办法，一笔抹黑、根本否定。他们列举过去犯了多少错误、造成多少灾害，现在又多么糟糕，“是连绵不断的人权灾难和社会危机”，人们多么不满，只盼“变天”。他们根本真假不分、主次不分，不讲比之过去，现在中国的情况如何，人民的生活如何，在国际上的地位和影响又如何。不讲得以逐步实现自己要求的广大人民坚决拥护取得中国今天成就的正确道路。

打假一方面要堵，不让流通流传，另一方面要让大家来堵。对于假东西，仅是靠行政上和少数人来堵不行，不发动群众、大家来堵，那堵不胜堵。要大家来堵，就要让大家知道真假的区别。而对假道理，更要着重让大家知道真假区别所在。

要大家知道真假，只讲什么是真，不讲什么是假，那还不能解决问题。因为许多假，伪装得可以乱真，一般人不容易区分。比如假人民币就是如此。如果仅是要人仔细看真人民币，不告诉他假人民币假在哪里，那么一般人还可能分不清。对于假道理，更是如此。假道理常常说得天花乱坠，似乎真有理，如果仅只是正面讲真道理如何如何，不批假道理假在哪里，许多人可能还是辨别不了真伪，容易受骗。比如对于那些把中国革命和建设污蔑为连绵的大灾难、必须抛弃中国特色社会主义、照搬西方道路的谬论，除了必须正面宣传革命和建设的成就，中国特色社会主义给中国带来比之过去有如天壤之别的变化，还要旗帜鲜明地摆事实、讲道理，狠批其谬误所在。

对于假的东西，只是堵，不讲明必须堵的道理，还会有副作用。如对于假钞，如只是没收，不指明它假在哪里，人们可能反而会疑惑甚至不满。对于假道理，除了触犯法律的可以采取行政手段、取缔禁止外，其他必须揭露批判它假在哪里，危害在哪里。批判完全是摆事实、讲道理，以理服人，不搞过去那种以势压人的运动。否则不揭露批判，只是取缔禁止，就可能不仅不能服众，反而使那些鼓吹这些谬论的人有了借口，攻击这是不民主、压制言论自由，正好证明他们的那一套谬论正确。

对于假道理要旗帜鲜明地批，有人可能会顾虑反而扩大了它的影响。对于那些没有什么迷惑力或者没有多少人会注意的假道理，确是不必去理睬，而对于那些涉及原则和大局的有迷惑力的假道理，不加揭露批判，那就是放任它散布扩大影响，后果严重。还有人可能顾虑这样揭露批判是否会影响稳定。其实，鼓吹这些假道理就是在制造混乱，不揭露批判将更加混乱。揭露批判正是为了制止混乱，保持稳定。改革开放三十年来之有今天，正是在不断批“左”的假道理和批右的假道理的斗争中取得的。

关于普世价值

（2008年12月）

关于普世价值，一时议论纷纷，有说有，有说没有，有赞成的，有反对的。普世价值是一个非常概念化的东西，抽象来讲，并不容易一下说清楚。具体一点来讲，或许比较容易了解。

所谓普世价值，具体来说，有哪些？主张的人一般会指出如民主、人权、自由等等。以民主来说，人人都要民主，没有人会反对。这可说是普世价值。但是要再进一步问，这种民主是什么样的呢？看法就很不相同了。事实是，自古希腊的民主到现在，所谓民主，无论从内容到形式不知发生了多少变化。从资产阶级登上历史舞台、高举民主旗帜以来，民主又发生了多大变化。以最早发展资本主义的英国来说，现在还是有君主。以发表“独立宣言”、高唱人人生而平等的美国来说，到上世纪妇女才取得选举权，至今种族歧视还相当厉害。至于中国实行的是社会主义民主，和西方的资产阶级民主又根本不同。那么具有普世价值的民主是哪种呢？

关于人权也一样。人人都要有人权，没有人会不要。这具有普世价值。但是你究竟要的是什么样的人权，这就大不同了。有多数人、全国人民的人权，有少数人的人权。在剥削阶级统治的社会，只有剥削阶级有人权，被剥削的阶级实际并没有什么人权。在资本主义社会，资产阶级掌握着生产资料，就掌握了无产阶级的命运。只有到社会主义社会，不受剥削的人民才真正享有人权。那么，哪种人权具有普世价值呢？

自由也一样，人人要自由，“不自由勿宁死”。但是也有不同的自由。以言论自由来说，有认为想说什么就说什么，这才是言论自由。但实际上不行。比如“文化大革命”中就可以贴你大字报，爱说你什么都可以，只要把你搞臭。不仅对个人，对一个国家也可以这样，歪曲诽谤、造谣污蔑、妖魔化，只要把你搞倒。这样的自由行吗？在资本主义世界，有钱就有言论自由，没有钱就没有言论自由，钱多言论自由多，钱少言论自由就少。这算言论自由吗？另一种主张，言论必须有益和无害人民、社会和世界，否则就不能允许。那么，哪种言论自由具有普世价值呢？

有人认为市场经济具有普世价值，中国所以经济发展正是因为实行了市场经济。确实，西方资本主义国家实行市场经济，中国是社会主义国家也实行市场经济。而且邓小平说过，“说市场经济只存在于资本主义社会，只有资本主义的市场经济，这肯定是不正确的”，“社会主义为什么不可以搞市场经济”。（《邓小平文选》第二卷第236页）市场经济似乎确具有普世价值。但是资本主义的市场经济和社会主义的市场经济实际并不是一回事。资本主义市场经济是经济完全私有化，并主张完全由市场来决定一切，反对政府干预。而中国搞的市场经济却是坚定不移地发展公有制为主体的经济和其他所有制形式经济，政府要领导管理经济。最近世界金融危机，美国政府出资收购大银行、大金融机构。于是就有说布什实行社会主义，美国和中国是实行“两国一制”的讽刺话。这就说明，这个市场经济不是那个市场经济。究竟哪个市场经济具有普世价值呢？

因此，问题在有哪些确是具有普世价值。现在一些人所讲的如上述的普世价值的东西，一旦具体化，看法就很不相同。要说哪个具有普世价值，看来还要靠实践来做最后的检验。

那么，现在有一些人振振有辞要大家都奉行的那些具有普世价值的什么民主、人权、自由、市场经济等等，又是什么样的呢？值得警惕的是，有那么一些人，反对中国坚持中国特色社会主义道路，根本否定我国实行的社会主义民主，把中国说得没有人权、没有自由，一团漆黑。他们打着普世价值的旗号，实际上贩运西方的主张：谁要民主、人权、自由、市场经济等等，就只有实行西方的这一套；谁不实行，就违反普世价值的民主、人权、自由、市场经济。

逆历史潮流大复辟
——《普世价值：一个时代性的重大课题》批注

（2009年1月）

近来，有人发表了一篇讲普世价值是时代性主题的文章，作者用心良苦，文章值得细细推敲。这篇文章说，“改革开放三十年来，我们在经济上取得了巨大的成就，但在政治、文化、社会诸领域，却仍然坚持计划经济时代的意识形态，严重地阻碍了改革的全面深入的发展。”

这和西方国家对中国的一些指责相似，认为中国只经济改革，不政治改革。经济能孤立地改革吗？事实是以阶级斗争为纲改为以经济建设为中心，这是最大的政治改革，有了这一改革，才有经济改革，并取得了巨大成就。

文章认为，中国改革不能全面而深入的发展，“最根本的原因是没有找对改革开放的指导思想，没有找准改革开放的前进方向”。“就是没有在指导思想上确立普世价值的观念”。

这就是说，作为改革开放指导思想的马列主义、毛泽东思想、邓小平理论、“三个代表”重要思想是错误的，建设中国特色社会主义的方向也是错误的，正确的指导思想和方向是普世价值。那么经济上的巨大成就是怎么来的呢？不就是实行以经济建设为中心的中国特色社会主义的结果吗！文章说，阻碍改革全面深入发展的原因是因为在政治、文化、社会等方面仍然坚持计划经济时代的意识形态，真是如此，那也应该是像经济方面一样，切实按照中国特色社会主义加以改革，怎么因此而要改弦易辙，另辟蹊径，根本否定中国特色社会主义道路呢？改革开放三十年来，无论是在经济上，或者在政治、文化和社会上，无论在综合国力、人民生活上，或者在国际地位和影响上，比之新中国成立前，比之改革开放前，都有了巨大的提高和改善。现在也正在继续发展向前。这是有目共睹的事实。实践证明，改革开放的指导思想和方向是正确的。改革的确还须全面深入发展，那应该是坚持原来的指导思想和方向，克服新困难，解决新问题，继续前进。抛弃已被实践证明正确的指导思想和方向，那岂不是要中国又回到改革开放前、回到旧中国？

文章说，“三十年来的改革开放，是一百多年前由洋务运动肇始的民主革命的继续。”

这真是异想天开。三十年来明明是建设中国特色社会主义，怎么成了是继续由清王朝洋务肇始的民主革命了呢？按照文章的说法，三十年来政治上完全停留在过去计划经济的意识形态，那更不是什么继续百多年前由洋务运动肇始的民主革命。奇怪的逻辑。

文章说，“辛亥革命、北伐战争和解放战争这三次以暴力斗争为主要形式的民主革命，在取得革命胜利以后，都出现了专制势力的复辟。”

这和西方反对中国的舆论完全一致，“现在中国实行的是专制”。但是实行“专制”，中国居然有今天这样长期持续快速的发展，西方的一些舆论也认为难以解释。事实是中国实行社会主义民主，按照民主的本意，人民当家作主，真正遵照并逐步实现人民的愿望和要求。人民为实现自己的愿望和要求，有着无比的主动性和积极性，因此取得今天的成果。只是一些人认为只有资产阶级民主才是民主，而否认社会主义民主，并把它说做是“专制”。

文章说，“改革开放就是要摆脱专制主义的羁绊，回到民主革命的道路上来。”

这是文章的中心思想：改革开放就是要从社会主义民主，改革为资产阶级民主。

文章还引用一位教授的话，“我们在九十年代做的工作大体上是继续做光绪皇帝和宣统皇帝的未竟事业。”

这又是惊人之笔！新中国成立六十年和经过三十年改革开放后，只落得退回到一百多年前西太后时期。而继续做光绪皇帝和宣统皇帝的未竟事业，那不就是君主立宪吗？

文章说，“否定普世价值，拒绝民主自由，实质上就是否定改革的民主性质，否定民主革命。”

这表明，文章所说的确立普世价值，就是要中国退回到资产阶级民主革命。

文章说，马克思、恩格斯指出的“无产阶级统治的民主制的重要措施，在资产阶级统治的资本主义世界，有些已成为事实。这说明什么问题呢？它可以说明，现代民主制已经突破了原有的资产阶级的民主制的藩篱，使民主日益成为普适性的政治制度”。

这就是说，资产阶级统治的资本主义世界已经连马克思主义主张的民主制也实现了，要实行民主应该就是实行资本主义世界的政治制度。

文章说，“有人往往用当代某些民主国家的不足之处来批驳民主的普遍性。他们不了解普世价值的实现是受一定历史条件的限制的。”

这就是说，资本主义世界的“民主国家”往往被批驳为只是占统治地位的资产阶级有民主权利，无产阶级实际并没有什么民主权利，但这不过是某些“民主国家”的不足。并不是资本主义世界普遍的根本的问题。而且作为普世价值的资产阶级民主，“受一定历史条件的限制”，也只能如此，没有什么可以大惊小怪的。

文章说，“让每个劳动者都占有生产资料所有权，这是实现自由民主权利的经济基础。”

这就是说，为什么资产阶级统治的资本主义世界，可以“使民主日益成为普适性的政治制度”，因为虽然资本主义世界存在资产阶级和无产阶级，但资本主义却是承认每个人都可以占有生产资料的私有制。这使它成为能够实现自由民主权利的经济基础。因此要实行民主，就要私有化。

文章说，“现在有人把劳动者毫无所有权的国有经济，说成是社会主义公有经济，它已经成为建立民主政治、实现普世价值的基础性障碍。”文章还赞成某教授的“主张每个公民都应享有一定的产权；有些学者呼吁实行‘耕者有其田’，把土地还给农民”。

这就是说，应该把所谓公有经济的“劳动者毫无所有权的国有经济”产权，分给个人所有，把国有和集体所有的土地，也分给农民个人所有。也就是全面实行私有制。这就破除了实现资本主义世界已经实现的普世价值的民主的基础性障碍，并有了实现民主的经济基础。

文章说，“普世价值的基础是人类共同的人性”。“由于当时亚非两大陆的文明还十分落后，普世价值只有在经过文艺复兴、宗教改革和启蒙运动三大革命洗礼的欧洲和后来的北美新大陆，才有可能由观念的普世价值发展为实然的普世价值。”

这就是说，欧洲和北美比之亚非首先确立了以人性为基础的普世价值，最具人性。但是历史却是欧洲和北美洲大发“人性和兽性共同存于一个主体之中”的兽性，大肆对亚非进行侵略，还主要在相互间发动了惨绝人寰的两次世界大战。而中国则深受自鸦片战争起到 1945 年日本侵华战争死亡几千万人的旷古浩劫。

文章说，“千百年来，人们一直在苦苦寻求发扬人性抑制兽性的良药”，“如中国古代的仁爱、诚信。基督教在人人都有‘原罪’和在上帝面前人人平等的前提下建立的平等价值观”，“民主革命的思想家培根、卢梭、潘恩等人通过自然秩序论，申述以自然法则为基础的天赋权利，于是有了自由、民主、平等、个性、人权等等观念形态的普世价值”。

但是千百年来的历史，尽管多少先哲寻求发扬人性的良药，兽性却占据着主要地位。爱是最具人性的、最具普世价值，这也没有制住兽性。先哲费尔巴哈是倡导爱的。而文章中曾不断援引马克思、恩格斯的话。恩格斯说，“可是爱呵！——真的，在费尔巴哈那里，爱随时随地都是一个创造奇迹的神，可以帮助他克服实际生活中的一切困难，——而且这是在一个分成利益直接对立的阶级社会里。这样一来，他的哲学中最后一点革命性也消失了，留下的只有一个老调子：彼此相爱吧！不分性别、不分等级地互相拥抱吧，——大家一团和气地痛饮吧！”（《马克思恩格斯选集》第四卷第236页）

文章说，“马克思主义是否包括普世价值观？我认为答复应该是肯定的”。“马克思、恩格斯所追求的未来的人类社会，正是实现了普世价值的社会”。

文章很明确，马克思主义不仅与普世价值不矛盾，而且普世价值就包括在马克思主义之中，马克思主义所追求的社会又正是实现了普世价值的社会。既然如此，大家不是应该高举马克思主义，并以此为改革开放的指导思想，为什么反而反对改革开放以马克思主义为指导思想，而必须以普世价值为指导思想呢？文章中曾一再引用马克思、恩格斯，这里更大赞马克思主义，这是不是要用马克思主义的旗帜来掩遮一下反马克思主义的真情实意呢？

文章旁征博引，洋洋洒洒，其实就是一句话：反对中国实施社会主义民主、实行社会主义，必须实施资产阶级民主、实行资本主义。

这不是逆历史潮流的大复辟吗？！

（注：《普世价值：一个时代性的重大课题》刊于《炎黄春秋》2009年第1期。）

《普世价值：求同存异，同舟共济》批注

（2009年4月）

最近，在刊物上发表的一篇题为《普世价值：求同存异，同舟共济》的文章，其中许多论点似乎振振有辞，却经不得推敲。

该文说，“全盘反对普世价值观倡导的民主、自由、平等、博爱……等公德，它同中国宪法中保障公民的自由、平等、人格尊严等权利的规定也是违反的。”

历史表明，价值观是随着社会发展进步而发展进步的。奴隶社会、封建社会、资本主义社会、社会主义社会，各有自己主导的价值观。现在世界上有两种社会，资本主义社会和社会主义社会，因而有两种不同的价值观。邓小平说，“什么是人权？首先一条，是多少人的人权？是少数人的人权，还是多数人的人权，全国人民的人权？西方世界的所谓‘人权’和我们讲的人权，本质上是两回事，观点不同。”（《邓小平文选》第三卷第125页）这就是分

属资本主义和社会主义两种价值观的两种人权观点。中国宪法规定的是社会主义民主、自由等，那么，普世价值观倡导的民主、自由等和中国宪法规定的民主、自由等，本质是否一样呢？如果基本一样，当然反对一个，也就必然反对另一个。如果本质不一样，能说反对一个，必然也就反对另一个吗？

文章说，“各国公认的自由、平等、民主、法治、人权等普世价值观同我国广大人民有什么过不去的矛盾而要对它大张旗鼓加以讨伐？”

事实是，不是中国广大人民大张旗鼓地讨伐所谓各国公认的自由、平等、民主等普世价值观，而是一些人非要把中国广大人民不认同那种的自由、民主等，强加给中国人民。不是美国等西方一些国家天天打着民主的旗号大肆讨伐中国，谴责中国实行的社会主义民主是“专制”吗？美国就认为它主张的民主是唯一正宗的民主，并要把它推行到全世界，甚至不惜动用飞机大炮，把这种民主送到如伊拉克等国家。美国所主张的民主是不是就是文章所说的公认的普世价值观的民主呢？

文章说，“有人企图搬出阶级斗争的观点来从根本上否认有普世价值观，认为在阶级对立的社会只有互相斗争的阶级观，不可能有什么人性的价值观。似乎人类只有阶级对抗你死我活的兽性而没有远远超越其它动物的人性。”

对于一些人主张的价值观要用阶级斗争的观点来加以分析，是否就是认为人只有兽性没有人性呢？例如一些人认为，剥削阶级统治社会所谓的民主、人权等，实际上占人口绝大多数的被剥削阶级并没有这些权利，这些只是少数剥削阶级的特权。只有取缔了剥削制度，使人不能借垄断生产资料操纵别人的命运，这才能让人民普遍享有民主、自由、人权等。作这样的分析有人性呢，还是反对作这样分析有人性呢？是否对有些人自称的普世价值观是不能用阶级斗争的观点作分析的？为什么用阶级斗争观点分析可能从根本上否定文章所谓公认的普世价值观呢？

文章说，“人类在有了阶级、进入阶级社会之后相当长时期的历史条件下和历史阶段中，阶级压迫是残酷的。你死我活的悲剧，至今历历在目。但这不是永恒不变的。随着经济、文化、物质和精神世界的发展，人类会在生活中吸取经验教训，催生一个以人为本的正常社会。在这里，人们将形成大大小小的合力，协同解决社会里各种不同的问题，使一个和谐社会诞生，健康成长。”

文章在这里承认人类社会长期间存在残酷的阶级斗争，而且至今历历在目，但是反对用什么阶级斗争观点来分析事物。对人类吸取了什么样的经验教训？又怎样催生那样一个和谐社会？这将是一个什么性质的社会？文章没有回答这些问题。中国的人民经受了外国疯狂的侵略、国内残酷的阶级压迫，可说是生活在水深火热之中。吸取的经验教训是，必须把帝国主义赶出中国，推翻半封建、半殖民地的旧社会，而西方的资本主义并不能拯救中国人民于水火，只有社会主义才能救中国、发展中国。中国是在社会主义这样的条件下，才提出并能够使人们形成合力，建立以人为本的和谐社会。

文章说，“从野蛮到文明社会，人类走过一个痛苦的过程，给世界难以估量的灾难。20世纪两次世界大战达到人类走向自我毁灭的高峰。人们痛定思痛，想寻找调节国际冲突和社会矛盾的出路。人类总结经验教训，学习和发展了人类作为一个整体赖以长期生存、化解矛盾、平等相处、自由生活、民主管理、仁爱宽容等本性和品德。对人类社会有普遍意义的价值观应运而生。它在欧洲人反对封建、宗教和皇权专制统治的思想启蒙和宪政运动中首创。它的价值远超出欧洲。这种价值观的确被许多国家广泛认同。它的基础是人类共同的人性，反对的是兽性。”

文章在这里说明，这种欧洲首创的以人性为基础的普世价值观，也就是它所说的世界公认的普世价值观。那么，这种普世价值观是否就可以结束人类的漫长痛苦过程呢？多少世纪以来，许多先哲都认为，造成人类痛苦的原因在人心不好，人性不善（兽性）。为此提出许多改善人心、发扬人性、克服兽性的理论。各种宗教也都是要人心向善。以至找到了文章所说的欧洲首创的以人性为基础的价值观。但是所有这些，不能说没有对一些人的人心、人性产生一点影响，但都没有能根本改变人类痛苦的命运，而且灾难似乎越来越深重，以至达到了20世纪两次世界大战“人类走向自我毁灭的高峰”。为什么会如此？现在已进入21世纪，情况是否有了根本改变？世界大战虽然没有发生，但恐怖主义蔓延全球，美欧发动的对阿富汗、伊拉克炮火连天的战争已经好几年，至今还在继续。人类痛苦的过程还在走下去。

文章说，“有些人听到民主、自由、平等、人权的字眼就反感强烈，甚至断言这些普世价值观是‘干预中国民主政治建设，以期终结共产党领导’的霸权手段。似乎共产党反对和害怕民主、法治、人权等基本原则，不禁令人想起过去大反‘精神污染’和大骂人性论的日子”。

一些西方反华势力天天在以民主、自由、人权等为名，肆意攻击抹黑中国，要“西化”、“分化”中国，以期终结共产党的领导，推翻社会主义制度。他们高唱的民主、自由、平等、人权，就是文章所说的普世价值观吗？指责中国反对这些打着民主等幌子的霸权主义就是反对文章所说普世价值观，这不是把霸权主义和所说的普世价值观两者等同起来了吗？

文章还联系到反对精神污染和批评关于人性的问题，似乎反对精神污染和批评一些人主张的人性论就是反对和害怕民主、法治、人权等基本原则。反对精神污染和关于人性问题的批评是邓小平提出的。他说，“精神污染的实质是散布形形色色的资产阶级和其他剥削阶级腐朽没落的思想，散布对于社会主义、共产主义事业和对于共产党领导的不信任情绪”。“不但在资本主义社会，就是在社会主义社会，也不能抽象地讲人的价值和人道主义，因为我们的社会内部还有坏人。我们的人民生活水平和文化水平还不高，这也不能靠谈论人的价值和人道主义来解决，主要地只能靠积极建设物质文明和精神文明来解决。”他还举出了一些方面的具体表现。难道反对这些就是害怕民主、法治、人权吗？难道听任和放纵散布这些腐朽没落思想和反对社会主义、共产党领导的情绪，才是实行民主、法治、人权的基本原则？这不使人更觉得文章所谓的普世价值观与西方反华势力的霸权主义相通吗？

文章说，“目前百年罕见的国际金融危机”，“它从美国开始，但它不仅是美国的问题，也不仅仅是欧美的问题，更不能说是自由市场经济的垮台，尤其不能自由联想，说它是普世价值观的破产”。“欧美国家的自由市场经济已经有300年的历史。在发展与危机反复交替的过程中，它们不断总结经验教训，调整修补，并且吸收某些社会主义的因素，早已不是原始野蛮资本主义时代。现在，到了又一个大调整、修补和更新的时候了”。“当前的危机看来主要是那些操纵大公司银行财团企业的看不见的手，为了追求暴利，不顾后果，破坏了市场经济的正常运转规律而不能自拔”。“要从根本上防止这种危机，正需要提倡而不是嫁祸于普世价值观”。

资本主义已经反复造成危机，也不断调整修补，为什么又再次发生现在灾难遍及全世界的金融危机？那只看不见的手是什么东西？文章是满心寄希望于已经不再是野蛮的资本主义的。但是经过又一个大调整、修补和更新，能去掉那只操纵大公司银行财团企业追求暴利、不顾后果的手，再不发生危机吗？资本主义和这只手是什么关系，能分得开吗？俗话说，江山能改，秉性难移。资本主义追求最大利润的秉性能根本改变吗？为什么即使不断反复发生危机，对美国等实行的自由市场经济仍应深信不疑，对所谓能结束人类长期痛苦过程的那种普世价值观不仅不能否定，还更必须提倡？

文章说，北京奥运会提出“同一个世界，同一个梦想”，“人们在问，既然有同一个梦想，难道就没有同样的价值观可以分享？”

世界同一个梦是什么样的梦？和平应该是一个主要的内容吧！国家之间应该相互尊重，平等相待，不应该一个国家强迫别的国家非认同自己不可、搞霸权主义、破坏世界和平，这是世界人民的同一个梦吧！现在中国最希望和平，以利于按照自己的价值观，建设中国特色社会主义。西方资本主义世界有它的价值观。双方可以相互对话借鉴。而一些人非要中国和全世界都认同某个资本主义国家的价值观。这能同一个梦吗？能分享一个什么同样的价值观吗？

文章说，“胡锦涛在新年前夕发出结束两岸敌对状态的呼吁，高屋建瓴，为力争民族和解，国家统一，敢于历史创新，表现了极大勇气，如果双方在普世价值观的问题上能取得共识，将从根本上缩小分歧，则和平统一有望，两岸同胞将额手称庆”。

中国主张两岸和平统一、“一国两制”，不要求台湾和大陆一样实行社会主义制度。而台湾一些人认为只有大陆实行他们主张的民主，也就是资产阶级民主，才可能谈统一。这是要大陆放弃社会主义制度，统一于台湾的资本主义制度。两岸可说价值观完全不同。那么两岸能在什么样的普世价值观上取得共识呢？这种普世价值观是与哪一方面的价值观都不同，也就是既不同于台湾资本主义社会的价值观，也不同于大陆社会主义社会的价值观呢，还是与两种价值观中的一种本质相同？是不是无论哪种情况，如文章认为的大陆应该表现极大勇气放弃自己的价值观去与另一种价值观取得共识？

文章说，“人权是硬道理，没有社会主义和资本主义之别”。“个人生命财产的安全得到保护，自由、平等、民主、人权得到尊重，社会生活公正和谐，国家事务人民作主等等共同的期望和理念，把这些称之为普世价值观可以说是恰如其分”。

人权确是全世界人民都要的权利，但是如前所述，世界现实就是有社会主义和资本主义两种不同的人权。怎么没有“别”呢？对于个人生命财产安全的保护，对于自由、平等、民主、人权的尊重等等，和人权一样，社会主义和资本主义也是很不相同的。比如，这次世界金融危机，不要说一般国家，连西方最发达资本主义国家，成千上万的人民失去财产，以至无家可归、妻离子散、冻饿街头，甚至上吊投河、与全家自尽。他们得到保护了吗？谁应该负责呢？从社会主义看来，这当然没有得到保护，国家没有尽到责任。从资本主义看来，这不能说没有得到保护，也不该由国家负责。因为经济完全由市场决定，个人经济生活好坏是个人的事，国家不能干预。最近在美国闹得沸沸扬扬的一些面临破产的大公司，以国家救急的资金，对已拿了百万千万美元薪金的高管，还发放成亿的奖金，这很说明问题。据说，公司方面认为，这样做是因为公司和这些高管订有合同，负有法律责任。至于对成千上万的失去财产的人民，谁和他们订了什么合同？他们财产损失，谁该负责？只能由他们自己负责。在资本主义社会，资本金钱决定人们自由、平等、民主、人权的有无大小，国家事务由大资产阶级集团掌管，小民百姓实际不能置喙，这样就认为自由、平等、民主、人权得到了尊重，国家事务由人民作主？社会主义认为废除剥削制度，资本金钱不能操纵人民的命运，人民的自由、平等、民主、人权才切实得到普遍的尊重，国家事务真正能由人民作主。因此，所说世界人民的共同期望和理念以及恰如其分的普世价值观，指的是哪种保护、尊重和人民作主呢？

文章说，“人贵有自知之明。美国创立了一个民主和开放的新国家，建立了第一流现代文明国家”。“不幸它缺乏自知之明，对外推行霸权主义，受到世界的反对和谴责，名声扫地”。

一个民主开放的第一流现代文明国家，怎么就没有自知之明，竟然对外要搞霸权主义？两者反差是否太大了？不能说是一时糊涂吧？一般说，外交是内政的延伸，是不是有道理呢？那么，所谓民主开放的第一流现代文明是否名副其实呢？美国前劳工部长发表文章“资本主义是怎样扼杀民主的”说，资本主义“带来了收入和财富分配日益不均，工作岗位没有保障”。“民主的意义不仅是在于自由公正的选举。这种制度所要实现的是公民齐心协力推进公益”。“然而没有哪个民主国家有效地控制了资本主义的消极副作用”。“我们逐渐把责任交给了私营部门——公司”，而公司日益激烈地争夺“在与对手的竞争中处于优势地位”，“形成一场争夺政治影响力的竞赛，它淹没了普通公民的声音。”（美国《外交政策》2007年9－10月号）这能说是民主开放的第一流现代文明吗？

文章说，新中国建立后“给人民和国家造成的疮伤，罄竹难书。问题就出在恐惧和抵制绝大多数国家珍视的以民为本的普世价值观”。“历史事实证明，包括亚非拉美地区在内的许多国家，依靠崇高的普世价值观，以不同的形式，从专制国家和平转变为民主国家。现在是（中国）急起直追的时候了”。

那些“依靠崇高的普世价值观”转变了的许多亚非拉美国家的情况怎么样呢？美国《外交政策》2008年3－4月号文章说，“未来十年里决定民主命运的将不是在剩余的独裁国家传播多远，而是陷入困境的民主国家的表现。这份名单上将有50多个国家，其中包括大多数拉美加勒比国家，亚洲8个民主政体中4个，已转型为民主政体未加入欧盟的前苏联国家，以及非洲几乎所有的民主国家”。

"陷入困境的民主国家几乎普遍受到治理不善的困扰。有些国家似乎深陷于腐败和暴政的模式"。"普通老百姓并不是公民，而是有权有势的地方首脑的附庸。而后者又是更加有权有势的庇护人的附庸"。"如果有竞争性的选举，这种选举就变成血腥的斗争"。

中国现在的情况连这样都不如吗？是要中国急起直追达到亚非拉美的这许多国家的样子吗？

文章说，"令人欣慰的是，我们党中央肯定这些普世价值观的重要意义。正如胡锦涛主席在讲话中指出，'中国提出构建和谐社会，就是要建设一个民主法治、公平正义、诚信友爱、充满活力、安定有序、人与自然和谐相处的社会……'"。

胡锦涛主席在党的十七大报告中说，"深入贯彻落实科学发展观，要求我们积极构建社会主义和谐社会"。"要按照民主法治、公平正义、诚信友爱、充满活力、安定有序、人与自然和谐相处的总要求和共同建设、共同享有的原则，着力解决人民最关心、最直接、最现实的利益问题，努力形成全体人民各尽其能、各得其所而又和谐相处的局面，为发展提供良好社会环境"。科学发展观"是马克思主义关于发展的世界观和方法论的集中体现，是同马克思列宁主义、毛泽东思想、邓小平理论和'三个代表'重要思想既一脉相承又与时俱进的科学理论"。怎么把这个科学发展观硬说作是文章所说的普世价值观呢？这是不是有点太强词夺理了？

通观文章全篇，文章要说的，就是中国现在实行的是"专制"，人民没有民主、平等、自由、人权等等。根本原因是没有采纳欧美创立的普世价值观。求同存异就是要放弃所持的社会主义价值观，向文章所说的普世价值观求同。已到嘴边没有说出来的是，必须抛弃马克思主义，抛弃中国特色社会主义道路，实行"创造一流水平现代文明"的美国式的资本主义吧！

（注：《普世价值：求同存异，同舟共济》刊于《炎黄春秋》2009年第3期）

民主个人主义者的自供

（2009年4月）

毛泽东在《丢掉幻想，准备斗争》一文中说，“艾奇逊说，‘中国悠久的文明和她的民主个人主义终于会再显身手，中国终于会摆脱外国的羁绊。’”又说，所谓“外国的羁绊”，“这就是说，要摆脱马克思列宁主义，推翻中国共产党领导的人民民主专政的制度。”

什么是民主个人主义？“只有民主社会主义才能救中国”的作者的自述也许可以说明。他说，“我们今天在座的，年轻时都是满腔热情追求民主走过来的。指导我们的思想，一个是抗日，一个是反蒋”。“新民主主义是我们的最高纲领。新民主主义是个什么样子，我们不知道，这是个理想而已。”这说明，他们当时虽然也赞成中国共产党提出的新民主主义，但并不真正想知道和实行。至于社会主义、共产主义，那就想都没有想。这种人也就是民主个人主义者。

对于这种人，毛泽东当时称他们是“人民中国的中间派”，他要求大家“有责任去团结人民中国内部的中间阶层、中间派，用善意去帮助他们，批评他们的动摇性，教育他们，争取他们站到人民大众方面来，不让帝国主义把他们拉过去。”应该说，经过帮助教育，这些中间派绝大多数都站到人民大众方面来了，但是对像前述文章的作者一些人却没有效果。

现在，经过六十年，中国的民主个人主义者果然显身手了。这一伙人的理想就是资产阶级民主。因此他们对社会主义始终格格不入。从中国进入社会主义以后，他们就不满和反对，只是在当时的情况下，比较隐蔽。改革开放后，他们错估形势，就活跃起来。从理论务虚会、“苦恋”、精神污染、西单民主墙、资产阶级自由化以至“六四”风波，真是屡败屡战，相当顽强。只是在“六四”风波遭到痛击后，才不得不一段时间有所收敛。

这些不化的民主个人主义者却郁积了越来越强烈的不满。他们反对新中国，痛恨共产党和社会主义。文章的作者说，“毛泽东时代使全民族丧失了思考，全中国8亿人，只有一个脑袋会思考”。“邓小平时代使全民族失去记忆，丧失记忆的结果是用愚民政策进行统治”。这是把全国人民都骂成为行尸走肉，全是白痴。旧中国骂人最恶毒也不过骂到祖宗十八代，而这个骂却是把全中华民族的人都骂遍了。这应该说是骂的登峰造极，可以申请吉尼斯纪录。文章的作者根本不想想，正是他骂作行尸走肉和白痴的中国人民在共产党领导下使中国有了今天，使他能养尊处优，舒舒服服坐在写字台前写文章大骂全中国人民和共产党。

他们一直在窥伺时机发难，并研究种种策略手段。文章的作者毫不掩饰地描述了在“只有民主社会主义才能救中国”出台前后的情况。他说，“在发表我的文章前，开了几次全体编辑在内的会议，做了三种可能出现的形势的准备，一是查封《炎黄春秋》。二是这期不准发行。三是准备做检讨。当时准备抛出责任编辑，说责任编辑审查疏忽，今后不再发表类似文章。”这是准备丢车保帅。

结果却似乎安然无事。于是他们飘飘然了，认为从此可以无所顾忌地大显身手了。文章作者诗兴大发，“八十人生正风流，精神枷锁笑中丢”，“我们一辈子都套着精神枷锁，现在可以把它丢掉了”。

文章作者还十分得意自己成了西方的明星。他说，瑞典记者采访他，“说我是第一个公正地、客观地介绍瑞典民主社会主义的学者，准备在胡锦涛访问瑞典时发表采访我的文章”。“欧洲还准备邀请我到欧洲去作访问交流。包括美联社、路透社、法新社、共同社等国外的大媒体都准备采访我。还有美国的一个作家也准备来拜访我。他们把我作为100年来在中国大陆上可以公开谈论第二国际的第一人”。真是了不起!

文章作者说，“当时感觉到文章出来后会有比较强烈的反应，但反应到这么强烈没有估计到”。文章发表后，受到强烈的批判。可是他自我感觉良好，认为，“总之，对我的观点赞成的有80%多，动摇的有10%多，坚决反对的有3%左右”。看来他们的主张马上就可以实现了。

但是他们还是五心不定、六神无主，一时乐观，一时又悲观。文章作者认为，“今天在中国政治上没有形成一个政治力量能取代共产党，与之抗衡”。“中国人愿意当奴隶，现在觉得共产党好，让大家有饭吃的思想根深蒂固”。他掐算“从客观历史的进程和中国领导人大智大勇人物的出现，大致在二十大，要5年到20年才可能”。曾经有人为中国算过许多次命，但都算错了，这又是一个。

文章作者认为，要推翻共产党，要有经济基础。他说，“民主的进程要建立经济基础。要建立公民社会，使社会中产阶级化，产生大量的中产阶级是基础”。其实，这不过是拾西方一些人的牙秽。西方一些人早就是这么想的。美国《华盛顿邮报》2008年5月20日的文章说，过去十年，西方一些国家领导人“经常描述一个有关中国将不可避免地走向自由民主的令人宽慰的景象”，“一旦一个国家变得更加富裕，该国新兴的中产阶级必将要求进行民主改革”。但是文章说，这个“希望泡了汤”。

文章作者虽然满怀希望，但还是很不乐观。他说，现在中国“中年是最保守的，因为现实的利益，逼迫他们去保住现在的利益。年轻人呢？是什么都是假的，搞到钱才是真的。所以我们青年一代是丧失了理想主义的一代。所以，现在中国出现了老的打先锋、中年保守、青年漠然的态度”。他无可奈何地说，“因此中国要等到我们这些老的全部死掉，新的那一代起来，没有历史包袱和政治上的牵连，又接受了西方文化的现在大约20岁左右的年轻人掌了权，中国才能改变”。他们最后的依靠还是西方文化。这也就是为什么他们打起各种旗号竭力鼓吹西方民主、自由、人权等等的原因。

但是他又忘性太大，他刚说，青年一代是漠然的“失去理想主义的一代”。这些年轻人不就是现在大约20岁左右的人吗？这些年轻人能听得进他们那一套杂音、噪音吗？看来无望。可不悲哉！

关于纪念改革开放三十年

（2008年）

纪念改革开放三十年，其实，不是仅仅纪念改革开放，而是纪念十一届三中全会提出的总路线、总任务——以经济建设为中心，坚持四项基本原则，坚持改革开放——三十年。

事实上，讲改革开放，离不开以经济建设为中心，也离不开四项基本原则。这三者是紧密联系在一起的。改革开放当然不是为改革开放而改革开放，它是为一定目标而改革开放的，主要就是经济建设这个中心，是为经济建设而改革开放。这里讲的经济建设，也并不是狭义的经济。首先它是与“文化大革命”时期的“阶级斗争为纲”相对立而提出的。其次，它讲的经济是中国特色社会主义的经济。因此，这就决定了评价改革开放是否正确、成绩如何，主要看是否完全从过去对经济的一套错误思想和框框中解脱出来，更要看是否对建设中国特色社会主义经济开创出一条正确的道路。

改革开放，更离不开四项基本原则。改革开放是强国之路，四项基本原则是立国之本。这有如一条船的发动机和舵轮，两者是息息相关的。发动机马力不行，船就走不了，或很慢；而没有了舵轮，那就不知道船会开到什么地方。三十年来的改革开放，就是在不断改进“发动机”，增强“马力”，同时，不断拨正“舵轮”。

改革开放的对象很明确，主要是反对过去关于经济脱离实际的教条主义、错误概念、老框框，也就是“左”的一套。但是反“左”，又不可避免容易发生右的偏向，就是要把社会主义经济改革成为资本主义经济。三十年来，改革开放就是在与这种“左”的和右的思想和倾向的斗争中前进的。

十一届三中全会提出改革开放后，全面否定“文化大革命”。但是随即出现否定社会主义、否定党的领导、否定毛泽东思想等的错误倾向。于是邓小平提出了必须坚持四项基本原则。这个反右的斗争一直伴随着反“左”的斗争时起时伏，不断继续着。如在提出四项基本原则后不久，又发生以“苦恋”为代表的反对右的思想战线斗争和不要搞精神污染。不久，又有因出现资产阶级自由化思潮而展开反资产阶级自由化的斗争，并导致中央领导人的变更。“六四”风波是这场斗争的一个高峰。这场斗争的胜利，赢得了这些年来建设中国特色社会主义稳定持续快速的发展。然而斗争并未结束。在改革开放继续深入破除各种陈旧的思想和框框的同时，右的思潮似乎又在来潮。

四项基本原则应该说，不只是针对右的倾向，同样也是针对“左”的倾向。“左”的倾向并不符合四项基本原则，而是扭曲了这些原则。

不论是“左”的或右的违背四项基本原则，都将使改革开放背离正确方向，不可能进行原来设想的改革开放，并破坏中国特色社会主义的建设。

因此，在纪念改革开放三十年时，应把十一届三中全会提出的改革开放与经济建设为中心和四项基本原则联系在一起。否则，就不可能全面地回顾和总结这三十年。

中国模式

（2008年8月）

中国持续稳定快速发展，使世界惊奇，于是出现了“中国模式”的说法。这已越来越成为世界关注的问题。

而这也使一些一贯反对共产党、反对社会主义、反对中国的西方人感到困惑。“当代中国一直是个令西方感到困惑的问题”。“西方人还是认为中国经济不会真正繁荣起来，除非它采纳西方式的民主，这一切都被证明是错误的”。（《华盛顿时报》网站2008年8月18日文《中国的增长》，见8月19日《参考消息》）

于是他们把“中国模式”简单地归结为专制加经济发展。这实在是无奈之说。世界上有专制能使一个国家经济持续稳定快速发展吗？能使人民生活普遍得到迅速显著改善吗？专制可以使经济一时得到发展，但它终究限制和障碍生产力的发展，不可能长期稳定快速发展。它可以使少数人发财致富，但必然导致两极分化，不可能使广大人民生活得到改善。

西方也有人把中国的发展认为是实行集体主义的结果，这是与主张实行个人主义的西方的根本区别。这有道理。而这就否定了“中国模式”是专制加经济发展的说法。坚持实行集体主义就不会独裁。只有实行个人主义，才会导致个人和少数人对多数人的专制。中国实行的是中国特色社会主义民主，是集体主义，不是个人主义。

个人主义还是集体主义，两种主义哪种优胜？这已是长期争论不休的问题。现在西方一些人认为集体主义会胜过个人主义。“如果亚洲的成功再次引发有关个人主义与集体主义的争论，那么个人主义的力量可能不会获得全面胜利，甚至不可能赢得胜利”。“许多最新科学研究的实质表明，西方主张的个人选择是个错误观点，中国把社会放在第一位是正确的”。(《纽约时报》网站2008年8月12日文，见8月14日《参考消息》)

但是“中国模式”的成功，不只是实行了一般的集体主义。中国过去就实行社会主义，就是集体主义，为什么没有现在这样的发展？集体主义一般可能发生的问题，是忽视或妨碍个人积极性、主动性的发扬。“中国模式”成功的重要原因之一，是避免了这种弊病，在实行集体主义的同时，注意充分发挥个人的积极性、主动性。

关于西藏的改革

（2009年）

西藏改革的根本问题是如何让西藏人民从对喇嘛教和达赖的迷信中解放出来。人民思想不能从迷信中解放出来，彻底的社会主义改革无从谈起。

改革的核心问题或者基本环节就是广大西藏人民的思想解放。这是一件非常艰巨的事情，不可能一蹴而就。这要做许多坚持不懈和深入细致的思想工作。

几十年来，西藏人民的思想认识已有巨大变化，但对喇嘛教和达赖的迷信在人民群众中仍有很深的影响。似可对西藏各阶层、各方面的人民的思想状况进行一次广泛深入的调研，针对问题研制短、中、长期的开展思想工作计划，逐步进行。

要在人民群众中进行宗教信仰自由宣传，不回避而要开展无神论的宣传。不能只靠讲大道理，还要多从日常生活生产着手，树立一个最基本的认识，人的生存、发展、幸福，靠人不靠神。这要多通过传媒、文化活动来进行。

一个民族、一个社会的改革，主要依靠自身的力量，外力终究是次要的。西藏的彻底改革也必须靠自身的力量。

这也要进行一次调研，了解社会进步、中间、落后力量的情况，或者改革可依靠的、需团结的、应反对的力量如何。然后制定发展改革力量计划，使进步力量成为决定性的力量。

关键是要有一大批坚决主张进步改革的干部和积极分子。

要大力培养一些进步的、有卓越成就的、在人民中有很高名望的知名人士，成为藏族代表人物。要破除似乎只有一些大活佛代表藏族的观念。

要非常注意对青少年以至儿童的思想教育，这是确定一个人的世界观的最重要时期。改革不仅要依靠现在的一代，更要靠下一代。这是掐断迷信的命脉。要认真总结和加强对西藏青少年的思想教育工作。

经济是基础，要继续支持西藏的经济发展，这些年来成绩非凡，这对西藏的稳定和改革起了关键的作用。

要使一般藏族人民的经济状况、生活水平得到较快发展提高。在生产中加强科学知识教育，通过实践，提高思想认识：发展提高要靠路线政策，靠科学技术，靠自身努力，不靠神。

必须认识到，西藏的彻底改革，决不是一朝一夕的事，是需一代人甚至几代人的事。一些有条件或较易创造条件而不致引起社会动荡的改革，都要积极进行。无条件的、可能引起混乱的事，宁可推迟，不能急。

西藏牢牢地归属中国版图，只要不犯大错误，无论达赖集团也好，西方反华势力也好，掀不起滔天恶浪。要警惕不使再发生像“3 · 14”那样的事件。有些小风波，难免。完全可以从容对付。

藏族人民思想解放，不迷信；有改革的领军人物和大批干部；经济发展，一般人民生活水平显著提高，这就天下大定。

不松懈，不急躁，做艰苦深入细致的工作，练基本功，积极创造条件，坚决改革。

和谐与斗争

（2007年）

过去常说，事物是在斗争中发展的，这是客观规律。现在强调和谐，是否否定过去的说法了？

这要看对和谐怎样理解。

列宁说："对立的统一（一致、同一、合一），是有条件的、一时的、暂存的、相对的。互相排斥的对立的斗争是绝对的，正如发展、运动是绝对的一样。"（列宁《关于辩证法问题》）

这说明，事物总是在矛盾中运动发展，一刻不停。但有统一的状况，有斗争的状况。

毛泽东说，"无论什么事物的运动都采取两种状态，相对的静止状态和显著的变动状态。""我们在日常生活中所看见的统一、团结、联合、调和、均势、相持、僵局、静止、有常、平衡、凝聚、吸引等等，都是事物处在量变状态中所呈现的面貌。"（毛泽东《矛盾论》）

这也说明事物在运动中有两种状态，相对的静止和显著的变动。

两者所说的一致、同一、合一，或统一、团结、联合等，都是事物发展过程中的状态。而所谓一致、同一、合一，或统一、团结、联合，应该说也就是和谐的一些表现。

和谐不仅是事物内在矛盾斗争中的一种状态，它本身也就包含斗争。和谐是与不和谐相对立而存在。没有不和谐，也就没有和谐。要和谐，就要克服不和谐。

因此，不能说，讲和谐就是不要斗争、否定斗争。

事物的发展必然是量变——质变——量变的反复过程，没有量变就不可能有质变。事物的发展在量变阶段，为什么会发生如毛泽东所说“统一、团结、联合、调和、均势、相持、僵局”等变化？

毛泽东说：“而一当新的方面对于旧的方面取得支配地位的时候，旧事物的性质就变为新事物的性质。”“于是新过程就代替旧过程而发生。旧过程完结了，新过程发生了。新过程又包含着新的矛盾，开始它的矛盾发展史。”（《矛盾论》）

新过程的矛盾发展是什么状况呢？原对立的一方面既取得支配的地位，同时新的对立面虽然随之发生，但还处于初生阶段，支配的一方面完全处于主导地位。这时矛盾发展过程就会呈现统一、团结、联合的状态。当对立面双方逐步发生转换时，这就发生相持、僵局、静止等状态。而对立双方发生倒转，另一方取得支配地位时，就发生突变，旧事物又让位于新事物。

统一、团结、联合，也就是和谐，不仅是事物发展的必然过程，也是事物发展的内在要求。和谐对事物的发展起着十分重要的作用，没有和谐这一过程，事物就不可能发展。这种状况其实很平常。任何事物都有一个出生、成长、衰老、灭亡的过程。成长发展阶段必然要统一、团结、联合，也就是和谐，否则就不可能成长发展。

以一个人来说，身体内部不断新陈代谢，但必须保持相对和谐，才能健康生存成长。不和谐，就会生病。到完全不可能和谐的时候，就发生突变，死亡。

以生产来说，生产关系和生产力两者始终存在矛盾，只有当两者基本上相适应，也就是和谐的时候，生产才能发展。当生产关系和生产力不相适应时，生产就会停滞或倒退。而当两者完全不相容时，就要发生突变，旧的生产方式让位于新的生产方式。

就国家来说，内部总有各种矛盾，只有基本上达到统一、团结、联合，也就是稳定和谐，国家才能得到发展。总是冲突动乱，国家不可能发展。到完全不可能统一或和谐时，就发生革命。

一个新朝代建立，一个革命成功后，也就是大乱之后，随之必然要求大治。治，就是要统一、团结、联合，也就是要和谐，这才能政治稳定、生产发展、社会前进。否则，乱而不治，新朝代就不能维持和巩固，革命胜利果实就会丧失。

事物的发展，量变阶段相对质变来说，是较缓慢而时期较长的。在量变阶段，统一、团结、联合，也就是和谐的状况又占相当一段时间，成为事物发展的重要阶段。以一个人的一生来说，从出生到壮年有三四十年，是不断发展壮大的时期；就生理上来说，这时期基本上是和谐的时期。从一个社会制度来说，一个新的社会制度建立后，巩固和发展一般也会有相当长的一段时间，这基本上也是和谐的期间。

事物的发展，必须符合事物发展的规律，到了必须斗争（显著的变动）的时候，不可能和谐（相对的静止），需要和谐的时候，不允许也不能够斗争，否则，事物不可能发展。“文化大革命”的错误，正是违背了上述事物发展规律。在我国革命胜利后社会主义建设时期，正要求统一、团结、联合也就是和谐以利于发展的时候，却要求大乱，它的口号就是“在无产阶级专政下继续革命”。结果是国家社会不仅没有能得到发展，相反，濒临崩溃的边缘。粉碎“四人帮”后，党的十一届三中全会实行改革开放，否定以阶级斗争为纲，确立以经济建设为中心，强调稳定，现在更提出和谐，这完全符合事物发展规律。这也就是为什么这些年来中国经济社会能长期持续快速发展的根本原因。

一个很有意思的情况，在五四运动时，提出打倒孔家店，根本否定儒家；“文化大革命”中则要批儒。而改革开放后，却有不同，对一些孔老夫子的主张似乎比较注意和肯定。这并不奇怪。在旧中国要求革命，要大乱；“文化大革命”也要求“革命”，要大乱。而孔老夫子讲的是“治术”，所谓半部《论语》治天下。两者当然水火不相容。而革命胜利后，特别是以经济建设为中心，反对大乱，要求大治，这就容易看到儒家主张中的一些对“治”有些意义的东西了。

因此，事物的发展，由量变到质变，始终存在斗争。但斗争过程的情况不同。不能只讲对立或斗争的一面，而不讲统一或和谐的一面。斗争与和谐对于事物的发展，都是必然的、必不可少的过程。

是前进 还是倒退

（2009年3月）

前进和倒退是完全对立，就像黑白一样，但是人们有时却分不清楚，甚至弄颠倒了。

事物的发展，一般都不是直线的，而是曲折的，或者说是螺旋形发展的，也或者说是按照否定的否定规律发展的。曲折发展中，不论升或降，虽然可能在某一点上和前面曲线的一点处于同一水平上，但当然不是又回到了过去那一点。螺旋形发展，自然也不是似乎又回到了原处。否定的否定更不是等于没有否定。

但是人们常常把曲折前进或螺旋形发展看作是倒退。比如，对于改革开放，就有两种完全对立的观点，都认为是倒退，但一种叫好，一种说糟。

叫好的认为，改革开放证明中国实行社会主义革命错了。中国原是半封建半殖民地国家，不能直接进行社会主义革命和建设，必须经过资产阶级民主革命、发展资本主义阶段。他们认为，改革开放实际“是100多年前由洋务运动肇始的民主革命的继续”,“是做光绪皇帝和宣统皇帝的未竟事业”。现在的问题是还不彻底，应该干脆公开宣布抛弃社会主义、实行资本主义。这是一些人一厢情愿、完全不顾事实的幻想。经过改革开放，中国社会主义建设大踏步地前进了，怎么是回到了100多年前清王朝统治中国的时期？“中国模式”——中国特色社会主义已成为了世界关注的热点。

在旧沙俄是否能进行社会主义革命，就发生过类似的争论。列宁是怎样对待这个问题的呢？列宁说，“这几天内我翻阅了苏哈诺夫论革命的札记。特别引人注目的是我国所有一切小资产阶级民主派分子和第二国际的全体英雄的学究气”。“他们都自名为马克思主义者，但是对马克思主义的了解却迂腐到了极点。马克思主义中有决定意义的东西，即马克思主义的革命辩证法，他们是一窍不通的。马克思说在革命时期要有极大的灵活性，就连马克思的这个直接指示他们也完全不了解”。“他们根本不相信任何这样的看法：世界历史发展的一般规律，不仅毫不排斥个别发展阶段在发展的形式或顺序上表现出特殊性，反而是以此为前提的。”（《列宁选集》第四卷第689～690页）

又说，“‘俄国生产力还没有发展到足以实现社会主义的水平’。第二国际的一切英雄们，当然也包括苏哈诺夫在内”，“他们觉得这是对评价我国革命有决定意义的论点”。“既然建设社会主义需要有一定的文化水平（虽然谁也说不出，这个一定的‘文化水平’究竟怎样)，我们为什么不能首先用革命手段取达到得这个一定水平的前提，然后在工农政权和苏维埃制度的基础上追上别国的人民呢？”(《列宁选集》第四卷第691页)

相反说改革开放是糟的，认为改革开放重新允许非公有制经济发展等是倒退，是否定社会主义，复辟资本主义。这证明在无产阶级专政下继续革命是完全正确的。现在应该大反党内走资本主义道路的当权派。事实是中国还处于社会主义初级阶段，必须改变一切不符合这一实际的方针政策。实践证明，改革开放制定了以经济建设为中心，坚持四项基本原则，坚持改革开放的总路线、总任务，完全符合实际，中国的社会主义建设是大大前进了，而不是倒退了。

苏联革命后也有类似情况。对于实行新经济政策，列宁在《论粮食税》中说，“既然我们还不能实现从小生产到社会主义的直接过渡，所以作为小生产和交换的自发产物的资本主义，在一定范围内是不可避免的，所以我们应该利用资本主义(特别是要把它引导到国家资本主义的轨道上去)作为小生产和社会主义之间的中间环节，作为提高生产力的手段、途径、方法和方式。”(《列宁选集》第四卷第525页)还说，“新经济政策并不改变工人国家的实质，然而却根本改变了社会主义建设的方法和形式”。“正在实行特殊的过渡办法，在许多方面采取和以前不同的方式，用所谓‘新的迂回方法’来夺取一些阵地，实行退却，

以便更有准备地再转入对资本主义的进攻。”(《列宁选集》第四卷第582页)

无论是前一种认为改革开放是倒退而叫好，或者后一种认为改革开放是复辟而说糟，都是把事物发展看作是直线向前的，没有认清螺旋形的发展是前进了，否定的否定不是倒退。

解放思想 实事求是

（2009年3月）

解放思想，实事求是，已成为人们的格言。它们被联在一起用，或分开用。这两者之间是什么关系？

解放思想和实事求是，可说是一件事的两面。解放思想就是实事求是，实事求是就是解放思想。两者说的都是不受什么思想框框的束缚。两者也可说是互为因果。只有解放思想，才能实事求是；只有实事求是，才能解放思想。两者说的都是要打破思想框框的束缚。

解放思想，实事求是，毛泽东早就提出。但是引起人们广泛重视的是邓小平在党的十一届三中全会上的讲话："解放思想，实事求是，团结一致向前看"。讲话使人豁然开朗，能比较正确地对待新中国成立以来的历史和毛泽东的功过，迅速破除"四人帮"极"左"思潮的流毒，也打破一些错误的固定观念。解放思想，实事求是，这条思想路线征服了群众。

解放思想，实事求是，不仅对破除极“左”的思潮，同样也是对破除右的思潮的武器。比如一些人迷惑于资产阶级自由化，他们认为，民主、自由、人权等等就是西方资本主义社会所实行的那一套，他们以此为标准，思想受到这个框框的紧紧束缚。于是左看右看都对中国实行的社会主义民主等不顺眼，认为不是民主，而是专制。破除这个思想框框，靠解放思想，实事求是。

解放思想，实事求是，就是要主观符合客观。思想受到框框束缚，有了成见，带上了有色眼镜，就不可能看到客观事物真相，也就是事不“实”，也不可能得出正确的判断，也就是求得“是”。无论是极“左”思想，或者右的思想，症结就在不符合实际。在无产阶级专政下继续革命，或者资产阶级自由化，都不符合中国实际，都不能救中国、发展中国。符合中国实际的中国特色社会主义，实践证明，才能振兴中国。

解放思想，实事求是，不是否定什么思想都是解放。它只能是从不符合客观的错误思想中解放出来，不能是从符合实际的正确的思想中解放出来。如只能是从唯心形而上学解放出来，不能是从辩证唯物论解放出来。从正确的思想解放出来，能解放到什么思想中去呢？那只能是落入错误思想的框框。否定“四人帮”的极“左”思潮，是解放思想。否定中国特色社会主义，不是解放思想，而是跳入资本主义牢笼。至于否定无产阶级专政下继续革命，就认为应该实行资产阶级自由化，那不是思想解放，而是由一个牢笼跳入另一个牢笼。

解放思想，实事求是，就是思想认识要与时俱进。时代在不断发展，社会在不断前进，思想认识也应该不断与之相适应，仍停留在过去，就成了束缚思想的框框。比如民主、自由、人权等等，都是随着社会进步而进步的。奴隶社会、封建社会、资本主义社会、社会主义社会，对民主、自由、人权等的观点是不同的。它是一个不断扬弃的过程，继承其正确的符合社会进步实际的部分并加以发展，抛弃其不正确的不符合社会进步实际的部分。资本主义国家仍持资本主义的民主、自由、人权等的观点，这不奇怪。已进入社会主义社会，却仍坚持资本主义社会的观点，这自然不是解放思想，也不是实事求是。

栽花和除草

（2009年6月）

只栽花，不除草，这和只栽禾苗，不锄田一样。像这类的事当然一般是不会发生，是因为人人都懂得，不除草，花就开不了，田就荒芜了。

但是也可能会发生这种事。就是有人根本不懂得栽花种田，或者是曾经锄草不得法，伤了花和苗，于是害怕锄草，以为只要对花多浇水，对苗多施肥，花和苗茁壮，有点草也无所谓，甚至草就长不起来了。这当然事与愿违。草不除，多浇水，多施肥，很可能反而助长了草的生长。

在自然界，一切有生命力的东西都是在与外在的和内在的对立面的斗争中成长和发展。对于人类社会来说，一部人类历史就是不断斗争的历史。外在的斗争就是与风霜雨雪各种自然灾害和社会外来的各种破坏的斗争。内在的就是社会内部的斗争，从部落氏族间的斗争到阶级社会的阶级之间的斗争。对于已经是社会主义的中国来说，就是与一切阻碍社会主义发展的对立面的斗争。在对外就是与反华势力的斗争，在对内就是与一切不利于社会主义发展的因素的斗争。

世界一切事物都是不破不立。没有破就没有立。运动是绝对的，也就是在量变到质变又到量变的破与立的不断过程中。破与立的对立统一是客观规律。

只栽花，不除草，这是违反客观规律的简单例子。同样在复杂的社会发展过程中出现这种情况也很平常。历史上姑息养奸、养痈遗患的重大例子不少。现在也不是不可能。比如，建设中国特色社会主义的过程中，中国人民经过了非常艰苦的斗争，虽然不断取得巨大胜利，但在与各种偏向和错误的斗争中也犯了许多错误，有很惨痛的经验教训。是不是有一些人因而对于偏向和错误作斗争就踌躇甚至回避呢？或者认为只要多建设，多为人民谋利益，不必斗争，一切不利因素也就起不了作用或自然消失了？实际当然不会如此。而且，不排除各种阻碍建设中国特色社会主义的因素，想多建设，多为人民谋利益也办不成。相反，不斗争，很可能给了这些消极因素更大发展的空间。不是有些人已不只是不要与偏向和错误斗争，而且竭力夸大过去所犯的错误，进而要求抛弃使中国取得今天巨大成就的建设中国特色社会主义道路吗？

实践证明，中国之有今天，正是在与各种问题和困难、偏向和错误的不断斗争中取得的。当然斗争也不能乱斗，否则必然损害事物发展。如果错了，及时总结经验教训，改正就是了。但斗争是绝对的，没有斗争，一切事物就停止发展，走向灭亡。

不要把孩子泼掉

（2008年8月）

不要把盆里的孩子连脏水一起泼掉，这个谚语既形象，又深入浅出，言简意深。这就是什么事都不能主次不分，从而好坏不分。但是人们却常常容易犯这类错误，好心办了坏事。

现在中国正处于一个改革大变化的过程中，既带来巨大的发展和成就，也发生不少弊病和问题。于是就引起了对此如何评价和对待的问题。

究竟是成就大，还是弊病大？成就为主，还是弊病为主？人民是看实际的。绝大多数人生活越来越好，国家越来越发展壮大，当然肯定成就大，成就是主要的。但是有一些人正好相反。他们只看弊病和问题，认为都是现在中国走的路不对。

比如，有些地方，为了树立形象工程，乱征收农民土地；或者为了公益而征收土地后，不给农民应有的补偿；

或者对国家给与农民的补贴，任意挪用或克扣，中饱私囊。这当然令人愤慨。但是有些人，也有可能激愤之余，就主张干脆恢复土地私有制，把土地分给一家一户农民。这样，农民自己有了土地权，一些干部就不能随便收走土地。

上述农村的种种令人愤慨的弊病，当然必须加以防止和纠正。但是不能归咎于土地集体所有。从全局来看，这种情况还是少数，绝大部分是好的。否则，农民生活怎么能有普遍的改善，农村能发生今天如此大的变化呢？这些弊病完全可以防止和克服，而且现在也已在纠正。而土地归农民私有，农民就能保住土地吗？为什么旧社会农民纷纷破产，沦落为流民，成为无产阶级的后备军？有钱和权势的人总有办法让你不得不交出土地。

因为有一些弊病，就主张恢复土地私有制，这是主次不分，把孩子和脏水一起泼掉了。

改革开放后，发生了一些弊病，如行贿受贿、贪污腐败、徇私舞弊等。这是人人深恶痛绝的。于是有些人就把这些归咎于社会主义民主制度不好，认为应该像西方一样，实行多党制、三权鼎立等，这就能防止了。

究竟中国特色社会主义民主制度为中国人民带来的利大，还是弊大？中国之有今天，正是在这个民主制度下取得的，显然，利大大超过弊。这许多弊病完全可以在现在的制度下逐步加以克服。而实行西方的一套民主制度就能防止上述种种弊病吗？为什么不看看实行西方民主的许多国家，情况怎样呢？以自认为民主教主的美国来说，一个小例子，美联社7月30日报道，“美国移民部门官员正在调查一份9000多人名单，看其中有多少联邦政府雇员可能是从一家位于华盛顿州斯波坎的文凭工厂购买假高校文凭的。”（《参考消息》2008年7月31日）这里讲的是联邦政府，不是公司、商场；是9000多人，不是十个八个。

因为有一些弊病，就根本否定社会主义民主，这也是只看到盆里的脏水，而把孩子一起泼掉。

建设中国特色社会主义，让一部分地区和人民先富起来，于是发生一部分先富起来的地区和人民与未富起来的地区和人民一时拉开贫富差距。同时经济快速发展，随着也发生乱发展的问题，造成浪费资源、污染环境等弊病。还发生上述各种不正之风。这些弊病，毕竟是前进中的问题，只要认真重视，完全可以纠正克服。有些人却把这一切问题，都归罪于中国特色社会主义，要求根本改道，如实行民主社会主义，或者干脆实行资本主义。而实行资本主义就一切都好了吗？英国《经济学报》7月26日一期文章“不快乐的美国”说，“令美国人痛苦的一个原因就是美国式资本主义表现逊色。”“不过，让美国人烦心的并不只是经济不景气。美国富有阶层已不再是企业家精神的楷模，而是社会财富的蛀虫。他们非但没有为建立社会诚信贡献力量，反而逃税漏税。”（《参考消息》2008年7月29日）

改革开放以来，人民生活不仅解决了温饱，而且开始达到小康水平，综合国力大大加强。中国只二三十年，就办到了西方一些国家一二百年才办到的事，这连反对中国的许多人也不得不承认。这就是为什么英国广播公司的“一项最新民意调查结果显示，86%的中国人对国家的发展方向感到满意——这在所有国家的民意调查中都是最高的”。但是一些人不看这些，而只看弊病。是只攻一点，不及其余。于是就根本否定中国特色社会主义。

这完全是不分脏水和孩子，一起泼掉。

这种不分主次的人，不外两种。一种人是蓄意抹黑中国，他们不愿中国强大，更怕中国特色社会主义成功。另一种人是憎恨发生的各种弊病，激愤之余，不能冷静地全面分析客观实际、分清主次，于是得出非常错误的结论。

盆里有脏水，不能只看到孩子，不泼脏水，这害了孩子；更不能只看到脏水，不看到孩子，把孩子和脏水一起泼掉，那就失去一切。

好为中国算命者可以休矣

（2007年）

在旧中国，各地都有一些为人算命的瞎子先生。对中国，也始终有一些好为中国算命的“瞎子先生”。但是他们总是算错了。

比如，在抗日战争胜利后，国内外就有人算定中国共产党命里该绝，在劫难逃。于是发动了全面内战。结果却完全算错。在劫的不是中国共产党。

解放战争胜利后，一些人又算定新中国长不了。比如上海解放，就断定人民政府管不了。港、澳回归，更算定会一团糟。特别是1989年“六四”风波后，有人就掐算半年、顶多二年，中国就要垮台。但又算错了。

苏联、东欧变色后，一些人推断，实行社会主义的苏联和东欧既然垮台，中国也实行社会主义，肯定也要垮台，就有“中国崩溃论”。

但是他们的“算”术太差了。

中国坚持社会主义，还有一条原则，就是必须与中国实际相结合，从中国实际出发，实事求是。因此，中国一直走着自己的道路。尤其是实行改革开放后，建设中国特色社会主义，开创了一条建设社会主义的新道路，与苏联等走过的道路完全不同。甲和乙同走一条路，甲摔倒了，乙也会摔倒，这个推断是成立的。甲和乙走的方向虽然相同，但走的是不同的道路，认为甲摔到了，乙也就会摔倒，这样推断完全不合逻辑，不能成立。现实也就是如此。中国这些年来不是凋敝衰落，而是欣欣向荣，一片兴旺发达景象。

2008年的中国遇到了特大自然灾难，又要举办涉及全世界的奥运会。但是中国不仅没有被摧垮压倒，反而因大力救灾和奥运会的成功举办而受到世界普遍的赞扬。中国经过严厉的考验，更是生机勃勃。这说明中国的命很硬。

但是还是有些“瞎子算命先生”，仍然在掐算中国命中难逃的劫数。事实终将证明，他们是瞎算。

新中国是一个孩子，正在不断成长，尽管会跌跌撞撞，但终究将走得越来越稳当，以至健步如飞。

一个国家和社会制度的命运如何，在于它给广大人民带来的是福还是祸。是福就命长，是祸就命短。新中国建立后，特别是实行改革开放，国家日益富强，人民生活不断迅速提高改善，这将是长命百岁。

好为中国算命者可以休矣！

柳暗花明又一村

（2007年）

近代中国走到现在，是走的一条正道，还是走了一条错路？应该说，基本上是正道。中国不是越来越糟糕，而是越来越发展壮大。

但是有一些人却认为中国已走到穷途末路，社会主义已完全失败，必须另走一条道，也就是实行资本主义。持这样看法的大概是两种人。一种是因为中国在走社会主义的道路上曾遭到许多严重损失，特别是“文化大革命”。现在也存在许多大大小小的问题。而在国际上，第一个社会主义国家苏联和东欧都已垮台。于是把一切看得一团漆黑，悲观绝望。另一种人是国际上搞霸权主义、强权政治的反华势力。他们与马克思主义、社会主义不共戴天，势不两立。他们对中国极力抹黑，希望你垮台。

一个新事物诞生，从成长到成熟，都会经历各种曲折，甚至失败。但它既是新生事物，具有强壮的生命力，它终究会成长。一个新的社会产生也会遭遇挫折，甚至出现倒退复辟。西方资本主义社会的历史，有不少这样的例子。中国也一样。辛亥革命后不是有袁世凯称帝和张勋复辟吗？

社会主义社会将取代有几千年剥削历史的阶级社会，其艰难可知，发生曲折和失败并不奇怪。社会主义社会的出现是人类社会历史发展的必然结果，这是不可阻挡的。苏联也好，中国也好，在实行社会主义后，都曾生产力迅速发展，人民生活改善，国力大大加强，显示了社会主义的优越性。但是在探寻克服困难和继续发展的道路时，走了岔道，结果导致中国发生像“文化大革命”这样重大的挫折，而苏联翻了船。

挫折失败不要紧，既然方向正确，就要再接再厉，继续斗争。中国共产党没有灰心丧气，忍痛总结经验教训，找到了中国特色社会主义这一正道。近三十年来，中国稳定持久快速发展，发生翻天覆地的变化，又充分显示了社会主义的优越性。

事物发展是有规律的，符合规律的事，不论遇到任何困难曲折，都不应丧失信心，而应坚持探索前进。正是，不要以为山重水复疑无路，而实在是，柳暗花明又一村。

可悲的背弃*

（2008年5月）

有一些曾经也为中国革命奋斗了几十年的老干部，他们忽然对过去的一切似乎觉得如恶梦方醒，大彻大悟了。他们现在以一个过来人的第三者身份，大肆批判和否定过去的一切。他们认为中国革命从一开始就走错了路，一路是灾难，过去的革命领袖毛泽东是祸首，今天的一切都糟糕极了。他们声嘶力竭地叫喊赶快改邪归正，抛弃把中国带到今天的道路。

但是即使是西方国家的许多人士，对中国却不是这么看，甚至一些西方民主派的著名领导人也不这么看。

如德国《每日镜报》记者问德国前总理施密特，什么使他对中国“流连忘返”。施密特说，因为“中国正在进行一项伟大的实验”，“持续四分之一世纪的经济繁荣是世界上无与伦比的。弄清楚中国人怎样成功地创造这个奇迹

* 此文发表于《中华魂》2009年第6期。

非常有趣”。

有记者问他，是否反对毛泽东创立的制度，他说，“我不反对毛的制度。”他说，“没有多少事实表明中国的发展是遵循美国模式还是西欧模式。为什么要那样呢？正如罗马的情况曾经和雅典不同，而斯巴达又是另一个样子，北京现在的情况也完全不同于华盛顿、柏林、伦敦、巴黎或罗马。只有美国人才会去空想，一切必须按照美国的模式进行。”

问他是否对毛泽东有好感，他说，“19世纪中国在世界政治中严重衰落”，“是他重新建立曾经完全垮了的中国”。他对毛泽东的评价是，“如果你找到某个坦言的人，他会承认：毛犯了大错误，但是他的成绩占70%。”他说，“如果我是中国人，我也会因此钦佩他。”

记者问他，他为什么批评西方媒体对中国的报道。他认为，“西方媒体，特别是美国媒体，它们根深蒂固的双重反感：一是对共产主义政权的反感；其次是对中国这样被看作令人恐惧的国家的反感”。“但我确实不能说中国人曾经推行过帝国主义”。

看，这个著名的西方的民主派领导人和中国那些自认为清醒的所谓老干部，对中国过去和现在的看法有多么不一样？

那么，这些自认为看清了中国一切的“精英”，对中国的振兴发展另有什么特别高明的主张呢？可怜，原来就是一条，走西方的路！

他们还记得过去入党时的誓言吗？他们已完全背弃了他们的誓言。

一瓢冷水

（2008年9月）

一些人对民主社会主义大肆赞美，甚至要把中国共产党改名社会党，而被这些人视为样板的欧洲社会党却不断传出不祥的消息。

法国《世界报》8月20日发表文章，《为何社会党在欧洲退却》（《参考消息》2008年8月22日）说，“7年前欧盟15国中曾有13个国家的政府是社会党人领导，如今却只剩西班牙、葡萄牙和英国，而英国还能保持这种状况多久呢？现在出现了一种普遍趋势，否认它将是荒谬的”。

文章认为，这是因为社会党政府“面对犯罪行为、野蛮行为和令人讨厌的个人主义的抬头，左派未能以令人信服的方式满足来自社会方面的需求，特别是社会各阶层的需求”。

但是文章认为“还有更深层的主要原因”，“欧洲社会党人采取的战略未能阻止不平等现象的迅速蔓延和不稳定工作岗位的急剧增多，也未能阻止社会保障水平的下降和‘贫困劳动者’的增多”。

这对那些鼓吹民主社会主义和社会党的人实在是一瓢冷水。

关于苏联的崩溃
——雷日科夫《大动荡的十年》读后
（2008年9月）

原苏联部长会议主席雷日科夫的《大动荡的十年》厚厚一本书，写了苏联崩溃前后的许多情节和他的作为，这是非熟悉或研究这段历史的人所能分清是非的。但是从中也多少可以看到苏联崩溃来龙去脉的一斑。

苏联革命胜利后，发挥了社会主义的优越性，在建设的各个方面取得了了不起的成绩，特别是在经济上。这使苏联有力量打胜反法西斯战争，并成为与美国并立的超级大国。但是由于情况的发展，原有的各种机制已完全不相适应，特别在经济上处于停滞状态。勃列日涅夫去世后，安德罗波夫曾试图进行经济改革，但他很快去世。真正开始是戈尔巴乔夫上台后。

1987年1月苏共中央全会讨论改革，提出了七条原则。第一条是“改革，就是彻底克服停滞状态，打碎阻碍机制，建立加速社会经济发展的可靠而有效的机制。”但最后的一条决定，“改革的最终目标是全面展示我国社会制度在所有关键领域——经济、社会、政治、道德等方面所体现的人道主义特点。”（第153至154页）

这不可避免地使人认为过去的一切是不人道的，把改革的目标由经济转向政治。于是提出了“全面民主化”。“由于改革提出了还我们的社会以真正的社会主义面貌的问题，解决这个问题的一个最重要的方面就是国家的全面民主化。”（第401页）“建成社会主义的第一阶段上所必需的东西，在其第二阶段成为不可接受的东西了。正是在这个阶段上，我们的社会主义没有完成好它的主要任务——使社会全面民主化”。“由‘国家’社会主义向民主社会主义过渡是整个改革的基础。”（第302至303页）

当时苏联的政治民主情况如何呢？作者说，“我们非常清楚，经济管理职能越来越多地集中在党的各级领导手中。而且大权在握的党——指党的领袖们——对国内所发生的一切并不承担责任。”“最高苏维埃和各级苏维埃往往只是通过党的机构事先准备好的决议案，或是执行权力机关起草的决议案，但仍需得到党的领导人赞同。”（第402页）

这种情况当然是严重的。但是应该分清这是根本不民主，还是在实行民主过程中的问题，也就是党政不分问题。而所谓全面民主化究竟是什么意思，是根本不明不白的。

为了全面民主化，实行无条件无界限的公开性。这引起了思想的大混乱。“公开性在社会上可以取得两种截然相反的结果。这直接取决于谁掌握实行公开性的工具，首先是电视、广播、报刊。掌握在正派人的手里，公开性就成为一把治病救人的手术刀，切除社会肌体上僵死的或发生病变的组织；掌握在罪恶的、无耻之徒的手里，它会变成一根大棒，对周围的一切，不论好坏，不分先进落后，只知道一味地破坏和扼杀。”（第246页）“公开性也可能成为煤气，不仅能够不声不响地迅速毒化个人的理智，而且在很大程度上，毒化社会的意识。破坏势力无须花多大力气就可以做到这一点：把新闻媒体、首先是电视和广播抓到手里，制造一种思想上和道德上可以肆意妄为的氛围，打着多元化、公开性、言论自由等幌子，用一连串肮脏的谎言、恬不知耻的欺骗和实际上拙劣的蛊惑来诋毁我们的国家”。“他们把苏联时期说得漆黑一团，把它描述成‘极权主义时期’。”（第302页）“有人用各种借口把侵略者和他的牺牲品、战胜者和战败者、斯大林和希特勒、苏联和法西斯德国相提并论。”（第434页）如果有人加以揭露批评时，“被立刻宣布为保守派、顽固派”。（第318页）

于是，苏联共产党成为了集中攻击的对象。1988年提出了“全部政权归苏维埃”，也就是剥夺苏联共产党的执政权。1989年12月第二次人民代表大会上，提出取消关于党在社会和国家中领导作用的宪法第六条。（第275页）

同时，以叶利钦为首的一伙发动俄罗斯独立，“我们坚持享有完全的独立的权利和高度的国家主权”。（第362页）

而在经济上，戈尔巴乔夫和叶利钦提出了实行过渡到

市场经济的500天计划（也就是休克疗法）。（第358页）

于是，“不断加剧的政治混乱对经济产生了致命影响，而经济恶化又加速了国内的破坏过程。”（第380页）

“改革是由苏共领导、由苏联国家机构开始的。改革追求的目标，正如那时所说的，是将现实社会主义改革成为人道的社会主义。改革过程中逐渐出现这种情况：一部分改革者仍然信仰社会主义，而另一部分人则接受了资本主义价值体系。”（第382页）

戈尔巴乔夫一伙对发生的种种严重问题，不加制止反对，而是一味迁就妥协。这也不奇怪，这把火原是他们放的，自然不会去灭，而是任凭蔓延燎原。

1990年俄罗斯议会通过决定，要求苏联政府辞职。（第297页）“1991年12月，在靠近波兰边界的密林中，一个统一的国家被毁灭。”“在同一个月中叶利钦的俄罗斯联邦最高苏维埃解散了苏联人民代表大会和苏联最高苏维埃。”（第420页）

苏联终于崩溃瓦解。

殷鉴不远。我国今天也有那么一些人，完全否定过去革命建设的成就，把一切说得一团漆黑，要抛弃中国特色社会主义道路，实行民主社会主义。他们的所作所为，不是与葬送苏联的一些情节非常相似吗？！

俄罗斯外交学院教授伊戈尔·帕纳林不久前说：“戈尔巴乔夫及苏联执政精英的可悲经验，被中国全面借鉴了。中国汲取了苏联所有的教训。”

从《大国悲剧》看苏联瓦解

（2008年9月）

雷日科夫的《大国悲剧》是继《大动荡的十年》后叙述苏联瓦解前后的情况的。他主要是谈苏联各加盟共和国的分崩离析，特别介绍了各民族之间以及各民族与俄罗斯民族之间的矛盾。但是民族间的矛盾并非一朝一夕，为什么在戈尔巴乔夫领导改革的几年中即恶性发展，以致一发不可收拾？

经济的停滞一直是苏联的突出问题，从柯西金开始就想改革，但都没有结果。戈尔巴乔夫上台后，已到不改革不行的地步。而他的改革"形成了一个坚定的信念：如果脱离政治改革，在经济领域就不可能出现进步的变革。他们形象的说法就是首先要把'苏共闹个天翻地覆'。"（第6页）

"改革年代（1985–1991）可分为两个阶段。第一阶段是着手进行必要的民主革新，对社会生活多个领域放松硬性控制，实行公开化等等的阶段。第二个阶段，它的特点

是激进民族主义的抬头和夺权斗争的展开。”（第109页）

戈尔巴乔夫号召，“各地方应当‘自下而上’对改革的敌人施加压力，而我们则要‘自上而下’施加压力。这个号召一出台，全国各地形形色色的运动自然就更加积极地活动起来。‘自下而上’的压力当然就要触及到苏共。普通党员和非党人士于是开始向‘上层’——苏共的州委领导和市委领导施压。”（第109页）。

于是“公开性大行其道”。“出现了好多‘大胆’的电影、戏剧、书籍之类的东西”。“它们都越来越公开地指向现存的社会和国家制度。”（第14页）“在推行言论自由的那几年中，人们不是寻找建设性的办法来医治社会疾病，而是利用言论自由来毁灭这个社会。”（第15页）“全人类价值，1987年戈尔巴乔夫把这个概念引入了思想库，为的是想要‘淡化’党传统的意识形态提法。后来在‘全人类价值’中又加入了西方民主的基本要素。”“可以认为，也就是在这个时期，出现了党和国家的首脑向‘西方价值’的转向。这种情况几乎对所有的方面产生了影响——对外政策方面、意识形态方面、经济方面等等。”（第18页）“在这种情况下，人民的民族价值和国家主权，以及由此而产生的政治、社会、经济和文化后果，就完全被置于次要地位了。”“我们的悲剧就在于我们丢失了‘苏维埃价值’。”（第19页）

各种各样的自发组织于是蜂起。“他们有的是民主派，有的主张爱国，有的主张无政府主义，有的主张君主主义，有共产党，有社会民主党，还有保守自由派，等等。”（第9页）“但是无论有意还是无意，戈尔巴乔夫确实是激发了不说上百，至少也有几十个反对现存制度的派别，包括党内和人民代表内部的小组和形形色色的小派别。”（第109页）有的组织还是戈尔巴乔夫同意成立的，如乌克兰的“鲁赫”（乌克兰人民改革运动）。“‘鲁赫’正式登记之后，各式各样的政党和运动有如魔鬼，纷纷出笼，它们无一例外，全是现成制度的反对派。”（第215页）

这些各式各样的组织开始“天翻地覆”。

“民主化和公开性使民族关系的禁区暴露无遗。带有民族主义情绪的分子，利用这一时机，展开了更加积极的活动。”（第52页）

“忽然之间，在这块占世界六分之一的土地上，一会儿在波罗的海沿岸地区，一会儿在乌克兰，一会儿在格鲁吉亚，一会儿在阿塞拜疆，一会儿在中亚的某个加盟共和国，民族主义又再次兽性大发了。顷刻之间，它就能变成一只摧毁国家的攻城锤。”（第17页）

在格鲁吉亚，1989年4月5日，“政府大楼和电视广播委员会大楼前的群众集会人数达到约五六千人，会后约三十个年轻人宣布在政府大楼前绝食，直到‘格鲁吉亚成为独立的国家’。”接着在4月6日，“政府大楼处于几千人大会包围中。会上公开提出要推翻现政权，脱离苏联，宣布独立和向西方请求援助和支持。”（第55页）“第比利斯和整个共和国的社会政治形势，4月8日白天已达到白热化程度，而且还在升级。反苏的、民族主义的、极端主义的性质更加露骨。破坏社会公共秩序的行为越来越常见，也更具挑衅性。”（第58页）在面对维护社会秩序的部队时，集会组织者早已准备，“下手投掷瓶子、石块等物，然后使用木棍、金属器件、刀子、标枪等等”。一个在场的学生叙述：“一部分士兵被我们格鲁吉亚小伙子围住了，其中有练空手道、柔道、拳击的运动员，这些人很快就把士兵制服了。殴斗是你死我活的，流了不少血。”（第62页）

在乌兹别克斯坦费尔干纳，煽动者宣称土耳其人在库瓦塞“杀害他们（乌兹别克人）的孩子，强暴他们的妇女”，引起了民族冲突。1989年6月3日一早，“愤怒的人群开始聚集。外来人号召人群对土耳其族梅斯赫蒂人实施报复。暴徒们冲上街头，一路上又打又砸。土耳其族人的房屋烧着了，妇女们撕心裂肺地哭喊着。”“第二天人群开始对区党委发起真正的冲击。同样的情况也发生在区民警局，冲击一直进行了4个小时，15名民警都伤势严重，其中一位很快就死去。这些天烧毁的房屋43处，遭到抢劫的176处，烧毁汽车10辆。”（第78页）6月4日，“土耳其族梅斯赫蒂人同乌兹别克人之间的冲突已经由地区行动发展为大规模骚乱。它席卷了该州多个区。局势已失控。”（第79页）到6月14日，“共发现尸体106具，其中43具为土耳其族梅斯赫蒂人，12具为阿塞拜疆人，35具为乌兹别克人，5具为俄罗斯人。以前多人受到人身伤害，其中159人是军人。失踪者有数百人（其中有的在发现时已被悄悄

掩埋)。”(第84页)

在阿塞拜疆,1990年1月13日,巴库在人民阵线领导下举行了群众大会。会后,“市里开始发生大规模打砸抢。主要针对亚美尼亚人。”“巴库陷入罕见的暴乱之中”。以后,出现了难民潮,主要是亚美尼亚人。“巴库的撤离是有组织的。我要强调‘有组织’这几个字眼。15日——1200人,16日——2100人,17日——500人,18日——1600人,19、20日——各1500人。有多少人是靠自己从城里撤离的,这只能估计了。”(第98页)“那些口口声声把自己称作‘民主’的人,正一步步把政权攫取到自己手上。”18日,“人民阵线宣布当地实行非常状态。市内建起了街垒,老百姓的逃亡加剧了,暴行还在继续。苏维埃和党的机构已经不再能控制局势。”(第100页)19日半夜,“响起了隆隆的枪炮声和爆炸声,天空飞舞着流星般的弹道。”(第103页)

在波罗的海三国,同样出现混乱,而矛头直指苏联。在立陶宛,在“民主革新”、“公开化”的号召下,1988年成立“萨尤基斯”,“它在夺取政权和争取立陶宛退出苏联的斗争中,显示出极大的破坏力。”举行成立大会时,戈尔巴乔夫曾表示“‘衷心的问候和祝愿’,并强调他从‘萨尤基斯’身上,看到了推动改革的积极力量。”(第112页)在成立大会上“反俄的、反苏的发言,‘俄国人是占领者’、‘从立陶宛撤走占领军’等口号,赢得了狂热的掌声。”(第114页)1989年夏,“萨尤基斯”搞起了“波罗的海之路”

政治行动。“游行者手持标语牌，上写‘戈尔巴乔夫，从立陶宛撤走红军’、‘俄国占领者，回家去’、‘立陶宛人和波兰人，团结起来与共同敌人斗争’。”（第125页）

在爱沙尼亚，“早在1988年末，爱沙尼亚苏维埃共和国最高苏维埃就已通过了关于共和国主权的宣言。”“正是这一年，全国刮起了当时被称作‘主权大展示’风潮。争独立的不仅仅有加盟共和国，还有自治共和国、边疆区、民族区，甚至某些原来实际上并不存在的地区。”（第37页）

在拉脱维亚，反对分裂的拉脱维亚共产党中央委员会第一书记、苏联人民代表、拉脱维亚社会主义共和国最高苏维埃代表鲁比扬，“被指控有阴谋参与夺取苏联和拉脱维亚社会主义共和国政权的嫌疑。很难想象这种指控有多么荒谬——共和国的领导人被控夺取自己的政权。”他因而被捕并被判刑。（第184页）

在乌克兰，“地方各级党委警告，局势发展下去非常危险。但戈尔巴乔夫和雅科夫列夫却认为这是对改革怠工，是危言耸听。”“先是《真理报》，接下来由雅科夫列夫撑腰，又有《消息报》、《共青团真理报》、《苏维埃文化报》等（此前它们从来没有对党组织唱过反调），开始向所有的干部展开攻击，说他们‘怀念勃列日涅夫停滞时期’。中央广场上和体育场上举行成千上万人要求州委下台的群众大会。这股风席卷了乌克兰的许多州。”“共和国内出现的局势本来就够严重的了，可还有火上浇油的事：中央各报的特派记者接到指示，凡有状告州委书记的材料，都作为

急件处理，发在头版头条。”（第216页）

这是响应了戈尔巴乔夫的“自下而上”施压的号召。“我还记得戈尔巴乔夫是多么兴高采烈地谈到在萨哈林发生的事情：那里的一个群众大会把党的州委书记赶下了台。总书记公开在电视上对此事加以赞许。”（第109页）

制止混乱，维护正常秩序的人却受到了惩罚。当第比利斯情况混乱、发生危急的时候，格鲁吉亚共和国领导请求派军警部队帮助。苏共中央开会，决定“运用苏联内务部的兵力和装备维护法律秩序”，“将内务部机动部队和高加索军区的野战部队调往第比利斯地区”。在维护秩序的过程中，部队与上述早有准备的集会群众发生冲突，造成伤亡。而戈尔巴乔夫却“指责格鲁吉亚共产党中央把事情搞得过分紧张”。苏共中央派代表到第比利斯。但是他们“首先不到中央委员会，而是直接前往民主分子的牺牲地，代表莫斯科献花，屈膝下跪点燃蜡烛为亡灵祷告”。代表谢瓦尔德纳泽说，“他为中央委员会（他特别强调了这个机构，却没提政府）、内务部、军队考虑不周的残酷行为表示遗憾，说他此番前来，是为了弄清事实，惩办罪犯。”结果，负责指挥维护秩序的高加索军区司令罗吉奥诺夫上将“成了替罪羊”。（第64至65页）

在莫斯科，“1988年的我国政治生活中又重新响起了‘一切权力归苏维埃’，这个口号是戈尔巴乔夫在19次党代表会议上提出的。意味着要把权力从苏共中央的手中转交给人民代表苏维埃。”1989年，“在第一届人民代表大会上，针对苏共提出了许多批评意见，包括严重指控，乃至号召‘复仇’，号召要把国家从‘苏共的压迫下’解放出来。”代表大会代表的选举之后，“87%当中的大多数开始大张旗鼓、急急忙忙退出苏共。”（第313、312页）“所谓的‘民主派’掀起的反共浪潮越来越高。第三届人民代表特别大会选举了戈尔巴乔夫当国家总统，在一片喧嚣声和欣喜若狂的气氛中，废除了苏联宪法第六条——关于苏共在国家中的作用和地位的条款。”（第314页）

在全国这种乱作一团的局面下，早就要夺权搞独立的叶利钦在1990年6月12日俄罗斯联邦第一届人民代表大会上通过主权宣言，“也就是俄罗斯完全独立于其他国家。”（第329页）叶利钦要求企业“不再服从苏联的指令，转而接受俄罗斯法律的约束。”（第336页）

1991年2月8日，在白俄罗斯别洛韦日森林中，俄罗斯联邦总理叶利钦、乌克兰总统克拉夫丘克、白俄罗斯共和国最高苏维埃主席舒什凯维奇决定解散苏联，成立独立国家联合体。他们签订协定，“共同确认：苏联作为国际法主体和地缘政治实体已终止存在。”（第357页）

1991年8月23日，“戈尔巴乔夫被叫到俄罗斯最高苏维埃全会上，受到叶利钦难以名状的羞辱。这位昔日的党内战友对待他的态度，就像是训斥一个淘气的学生。就在全会进行期间，在顷刻间全都变成了反共先锋的代表们的一片哄闹声中，叶利钦签署了解散苏联共产党的命令。”（第347页）

书的作者在书的前后各引了一段话。前者是1945年美国中情局长杜勒斯当着总统杜鲁门在国际关系委员会上关于对付苏联讲的。

“战争将要结束，一切都会有办法弄妥，都会安排好。我们将倾其所有，拿出所有的黄金，全部物质力量，把人们塑造成我们需要的样子，让他们听我们的。

人的脑子、人的意识，是会变的。只要把脑子弄乱，我们就能不知不觉改变人们的价值观念，并迫使他们相信一种经过偷换的价值观念。用什么办法来做？我们一定要在俄罗斯内部找到同意我们思想意识的人，找到我们的同盟军。

一场就其规模而言无与伦比的悲剧——一个最不屈的人民遭到毁灭的悲剧——将会一幕接一幕地上演，他们的自我意识将无可挽回地走向消亡。比方说，我们将从文学和艺术中逐渐抹去他们的社会存在，我们将训练那些艺术家，打消他们想表现或者研究那些发生在人民群众深层的过程的兴趣。文学、戏剧、电影——一切都将表现和歌颂人类最卑劣的情感。我们将使用一切办法去支持和抬举一批所谓的艺术家，让他们往人类的意识中灌输性崇拜、暴力崇拜、暴虐狂崇拜、背叛行为崇拜，总之是对一切不道德行为的崇拜。在国家管理中，我们要制造混乱和无所适从。只有少数人、极少数人，才能感觉到或者认识到究竟发生了什么。但是我们会把这些人置于孤立无援的环境，把他们变成众人耻笑的对象；我们会找到毁谤他们的办法，宣布他们是社会渣滓。我们要把布尔什维克主义的根挖出来，把精神道德的基础庸俗化并加以清除。我们将以这种方法一代接一代地动摇和破坏列宁主义的狂热。我们要从青少年抓起，要把主要的赌注押在青年身上，要让它变质、发霉、腐烂。我们要把他们变成无耻之徒、庸人和世界主义者。我们一定要做到。”（第2页）

后者是克林顿在1995年10月25日的参谋长联席会议秘密会议上的讲话。

“最近十年来对苏联及其盟友的政策清楚表明，所采取的清除世界上最强大的国家之一以及最强大军事联盟的路线是多么正确。我们利用苏联外交的失误，戈尔巴乔夫及其一伙的非同寻常的自以为是，其中还包括利用那些公开站在亲美立场上的人。我们获得了杜鲁门总统想要通过原子弹从苏联获取的东西。”（第380页）

书的作者说：“西方，特别是美国，消灭苏维埃国家的目的果然完全实现了。不过，我当然绝不会以为，这样一个大国的悲剧性解体能够仅仅在外部因素的影响之下。如果内部没有一个实际上完全奉行苏联的敌人所树立的目标的‘第五纵队’，而只靠外部力量，谁也不能把我们国家怎么样。”（第3页）

曾几何时，一个曾雄踞世界的大国和一个对世界有深远广泛影响的大党，果然“天翻地覆”，就此土崩瓦解，亡国亡党。从1985年到1991年，不过五六年时间，这可说在世界历史上是没有过的。

在这个过程中，许多情景和场面，对中国人来说似曾相识。有许多不就是“文化大革命”中的情景吗？有的不就是“六四”风波中的场面吗？两国都进行改革，而且中国早于苏联好几年。但是两国的结果，却是如此不同，一红一黑，一个是旭日东升，一个是灰飞烟灭。

为什么？这不是非常发人深思吗！

这将是人们非常宝贵难得的历史教材，也是现实教材。

第二部分

论人权

《话说人权》开篇

（1998年10月）

中央人民广播电台在《话说人权》专题广播的基础上，编写了《人权手册》，内容和篇幅都有很大的扩充。这对人们更深入全面地了解人权问题将起到重要作用。编者要我为手册作序。关于普及人权知识的重要意义，我在《话说人权》的开篇讲话中已讲了，我想那也适用于《人权手册》，就把它作为代序吧。但是，《话说人权》播出以来，国际局势发生了重要变化。我要补上几句。

以美国为首的一些西方国家，一直鼓吹人权高于主权，这个谬论受到了许多驳斥。但是许多人并没有认清它的实质。以美国为首的北约对南联盟的军事进攻，狂轰滥炸，以至轰炸中国驻南使馆，就是在人权高于主权的叫嚣下，打着维护人权的旗号进行的。这使人们震惊地发现，所谓人权高于主权，已不是纸面上、口头上的东西。关于人权高于主权的争论，也已不是打打笔墨官司而已。它实实在在是发动炮火连天、血肉横飞的侵略战争问题。这就逼得人们更迫切地要了解究竟什么是人权？美国等西方国家鼓吹的一套人权观究竟是什么货色？他们的那套东西是真为了维护人权、促进人权，还只是为推行霸权主义、发动侵略战争做幌子？就这一点来说，现在出版《人权手册》更有其重要的、深远的意义。

下面是我的《话说人权》开篇讲话（个别地方作了删节）。

人权问题是当今世界关注的问题。究竟什么是人权？中国对人权的观点是什么？中国的人权状况如何？这是大家希望了解的问题。对于人权，一些人觉得比较生疏，甚至认为深奥难懂。其实，我们过去进行艰苦斗争的，和现在正努力工作的，都与人权直接相关。什么是人权？简单地说，就是要有做人的权利。解放前，人们形容当时的生活，常说饥寒交迫，朝不保夕，做牛做马，过着非人的生活。这就是说没有做人的权利，不能过人一样的生活。这是因为帝国主义、封建主义、官僚资本主义压迫和剥削的结果。为此中国人民进行了一百年斗争，决心推翻压在头上的“三座大山”，为的就是争得有做人的权利。但是解放后，不解决缺衣少食、不得温饱的问题，仍谈不上过一个像样的人的生活。为此，五十年来，特别是改革开放后的二十年，全国人民又经过了艰苦曲折的奋斗，终于基本解决了温饱，并向小康前进。现在可以说，真正取得了做人的权利。这些都是我们亲身经历和正在天天做的事。因此说明白了，所谓人权，并不是那样不好懂的。

在解放前，人们对人权并不生疏。在“二七”大罢工时，工人们提出的口号就是“争人权，争自由”。在抗日战争时期，不少抗日根据地的政府，颁布了保障人权条例。为什么现在人们反倒觉得生疏了呢？这是因为建设社会主义，是从根本上解决人权问题，建设社会主义过程，也就是解决人权问题的过程。现在人们享有的政治、经济、社会文化等人权，这在我国的宪法和许多法律中已有明确规定，并得以实施。因此人们日常讲了社会主义建设，也就不再多讲人权了。这就容易使人以为人权和社会主义建设似乎是无关的两件事。再加以过去极“左”思潮的影响，有人甚至把人权看作是该批判的资产阶级思想，这是极大的误解。

但是，西方的人权观和我国的人权观是有根本区别的。邓小平说过，“什么是人权？首先一条，是多少人的人权？是少数人的‘人权’还是多数人的人权，全国人民的人权？西方世界的所谓人权，和我们讲的人权，本质上是两回事，观点不同。”（《邓小平文选》第三卷第125页）正是由于这种不同，西方一些国家和我国在人权问题上存在分歧。有些国家按照他们的人权观来要求我国，有的还别有用心，借此对我国进行攻击和威胁。这是涉及我们国家和人民根本利益的大事。是坚持为我国人民取得广泛人权的人权观，还是接受西方世界只有极少数人享有人权的人权观，这是不能等闲视之而必须分清的大问题。

享有人权，是全世界人民普遍的要求。但是各国的情况千差万别，历史背景不同，文化传统不同，社会制度不同，经济发展状况不同，信仰不同，争取人权的道路也必然不同，不能要求只有一种模式。走的道路对不对，看实践结果。是人权状况改善了还是倒退了？中国人民现在享有人权的状况，不仅旧中国根本不能相比，就是和改革开放前比，也是有了巨大的改善。当然不能说人权状况已完美无缺，但我国在人权方面取得的伟大成就证明，我们走的道路是正确的。

以上这些问题，都是人们在人权方面会经常遇到和需要弄清楚的问题。

《话说人权》是全国传播媒介第一次举办这样系统介绍人权问题的专题节目。希望它能帮助全国听众，对人权问题有一个基本的概括的了解，也希望能有助于国外听众增进对中国的人权观和人权状况的了解。

《中国人权理论和实践研究》序

（1999年9月）

中国在人权方面取得了空前伟大的成就，而人权却成为美国等西方国家集中攻击中国的一个问题。现在美国等一些西方国家取代世界公认的不得侵犯一国主权的准则，用人权作为处理国际关系的最高原则，只要哪个国家不奉行美国等所主张的人权，就可以加以干涉，以至进行军事攻击。以美国为首的北约对南联盟的狂轰滥炸，就是他们的“人权高于主权”主张的大规模实施。究竟什么是人权，应该怎样看待中国的人权，已成为人们不得不弄个明白的问题。

人权是历史的产物。它随着时代的发展而发展。自从有了阶级，一部分人可以剥夺另一部分人做人的权利，就产生人权问题。奴隶社会的奴隶暴动，就是被剥夺了最起码的做人权利的奴隶向奴隶主进行的人权斗争。封建社会农民的起义，就是农民向封建地主阶级争取做人权利的战争。只是当时人民对于人权还处于朦胧的很不自觉的状态。到了十六、十七世纪，西方资产阶级得到发展，启蒙学者才明确提出人权的概念。它又随着资本主义的发展而形成现在西方所主张的人权。这种人权只为资产阶级所享有，劳动人民仍处于无权的地位。马克思主义诞生，工人阶级登上历史舞台，人权思想又有了完全新的发展，它要求人权也应为劳动人民所拥有。历史说明，阶级不同，就有不同的人权思想。现在世界上基本上存在着两种不同的人权，一种是西方资产阶级所主张的人权，一种是马克思主义者所主张的人权。也就是邓小平所说的，一种是少数人的人权，一种是多数人的人权、全国人民的人权。“西方世界的所谓‘人权’和我们讲的人权，本质上是两回事，观点不同。”要弄清什么是人权和怎样看待中国的人权，这是首先要分清的问题。

社会主义和人权是什么关系？美国等西方国家一贯攻击社会主义反对人权、摧残人权，中国坚持实行社会主义，因此也反对人权、摧残人权。其实，为什么产生社会主义？从人权角度来说，就是因为资本主义剥夺和摧残劳动人民的人权，人民要求用社会主义取代资本主义，以使所有的人都能享有应有的人权。马克思主义使曾是空想的不可能实现的社会主义成为科学的可以实现的社会主义。这就是为什么科学的社会主义一出现，就成为资产阶级必欲置之死地而后快的原因。科学的社会主义所以能使所有的人享有人权，是因为它取缔资产阶级可以用来剥夺劳动人民人权的特权和手段，就是生产资料的占有，使人民成为能掌握自己命运的国家和社会的主人。

新中国成立五十年来，特别是找到了建设中国特色社会主义道路，不仅基本上解决了12 亿人民的衣食温饱，而且正接近小康水平，在政治、经济、社会文化等人权的各个方面都取得了巨大成就，与旧中国相比，真是有天壤之别。实践证明，社会主义是从根本上解决人权问题，建设社会主义的过程，也就是解决人权问题的过程。社会主义保障人民享有越来越充分的人权。

世界上有许许多多的国家，每个国家的人民都要求享有人权。但是各国的历史演变、社会制度、经济状况、文化传统、宗教信仰等等都不相同，对于人权的认识、要求和实施也必然不同。比如，西方国家把政治权利看作是最主要的甚至是唯一的人权。而中国和一般发展中国家则把生存权、发展权作为首要人权，这就与国情不同有关。任何事情只有从实际出发，才能达到目的；不顾实际，从本本出发，或照搬照抄某种做法，必然失败。争取和维护人权也一样，只有从各国的实际出发，才是唯一正确的可获得成功的道路。而美国等西方国家却要求所有国家都必须奉行他们的人权主张。这种不顾实际、强加于人的做法，不仅不能促进人权，相反只会损害人权。中国在人权方面所以取得伟大成就，就是真正从实际出发，找到了符合国情的建设中国特色社会主义道路的缘故。

美国等极力宣扬他们的人权主张是放之四海而皆准的

唯一正确的主张。他们千方百计试图把这种主张强加于其他国家。经过几百年的宣传，更凭借巨大的宣传机器对舆论的垄断，西方的这一套主张有不小的蒙骗作用。现在他们又鼓吹并实行“人权高于主权”。事实证明，他们鼓吹的只是在一国内，少数人可以侵犯多数人人权，在国际上，强国可以侵犯别国主权的侵犯有理的人权观。美国等在国与国之间挑起的人权之争，实质上并不是什么理论之争、观点之争、方法之争，而是侵犯和维护国家主权之争。“人权”已完全成为美国等推行霸权主义的政治工具。他们谋取的根本不是什么人权，而是统治世界的霸权。

为了正确认识人权，特别是正确认识中国的人权，以上一些问题都是应该弄清楚的问题。

正确认识人权和中国的人权，这是当前对我国有特殊意义的大事，它不只关乎我国人权事业，也关乎我国在国际风云变幻的斗争中能否立于不败之地。中国的人权研究工作者在这方面肩负着重大的任务。谷春德、郑杭生同志主编的《中国人权理论和实践研究》，从历史、理论到实践对中国的人权进行了系统、全面、深入的论述，它的出版是非常适时的。它将对增进人们对人权的认识，促进对人权的研究起到很有益的作用。

同西方国家在人权问题上的分歧
——答乌克兰《全乌导报》记者问
（1999年9月）

问：请问中国在人权问题上持什么立场？中国是否存在西方媒介所说的违反人权的现象？

答：关于中国的人权立场问题，中国领导人的讲话以及中国政府发表的白皮书已阐明了。我想就我们与美国等西方国家分歧最严重的几个问题，谈谈看法。

首先一个问题是，中国是否尊重人权，维护和促进人权？美国等西方国家认为中国是蔑视人权、人权状况非常糟糕的国家。我们认为，长期身受没有人权之苦的中国人民最珍视人权，而且在维护和促进人权方面取得了非常巨大的成绩。一个多世纪以来，中国人民为了反对帝国主义、封建主义和国民党反动统治，牺牲流血，付出了无数的生命，为的就是争取国家独立的国权和人民享有充分的人权。争国权也是争人权，没有国权、独立权，就谈不上人权。新中国成立后，获得国家独立的人民对人权的最大、最迫切的要求是衣食温饱，解决生存权。经过几十年的努力，特别是近20年来的建设有中国特色社会主义的努力，中国以占世界7%的耕地，基本解决了占世界22%的人口的温饱问题，并在向小康水平前进。这是世界罕见的成就。现在世界上还有十几亿人口没有解决衣食温饱，没有取得生存权，这个问题看来一时还难以解决。由此可以看出中国取得这一成就是何等难能可贵。

第二个问题是，中国是否有民主的问题。我们认为，中国人民十分重视民主，现在中国人民当家作主，享有充分的政治权利。但美国等西方国家认为中国是个专制国家，人民没有民主权利。有一个流行的说法是，“中国经济发展，但政治不民主”。事实是，中国反对帝国主义、封建主义和国民党反动统治的革命斗争，始终同时是在为争取民主而斗争。中国的社会主义建设也一贯强调加强民主政治建设。可以说，是民主保障中国取得了革命和建设的胜利。什么叫民主？民主可以有许多种定义，但有一点应该是不容否定的，就是必须遵照大多数人的意见和要求办事，这才是真民主。从这一点来看，中国的革命和建设，都体现大多数人民的意见和要求。中国绝大多数人民的最大、最迫切的要求是什么？如前所说，一是独立权，一是生存权。现在中国政治上安定团结，经济蓬勃发展，人民生活巨大改善，国力大大加强，国际地位日益提高，这不就是实现了中国广大人民的要求和愿望吗！这两天正在开人代会，会议要决定国家的大政方针。中国之所以有今天，就是执行了历次人代会决定的大政方针的结果。这说明，中国人民代表大会能够保障人民按照自己的意见去决定和实现国家的大政方针，真正成为国家的主人。国外有许多人很奇怪，中国共产党怎么能领导人民打败比自己强大不知多少倍的敌人，取得革命的胜利？怎么能够在社会主义建设中实现持续蓬勃的发展，取得令世界惊奇的成就？我认为，就在于坚持民主。只有民主才能保证制定符合广大人民要求的政策，也才能调动广大人民无比的积极性。人民为实现自己的要求，怎么能不全身心地投入革命斗争和建设中去呢？反过来说，如果中国专制，违反人民的意志，人民受到压制，愤愤不满，精神委靡，还会有积极性吗？能够取得革命和建设的胜利吗？

第三，西方国家为什么跟我们的看法有这么大的分歧？我看有立场、观点不同的问题。比如美国就认为人权就是政治权、公民权，不承认有其他如经济权利等等，更不承认有什么生存权。美国是世界上首富，但她可以听任成千上万的人冻饿街头，无家可归，甚至每年都有冻死者。这就说明了美国根本不关心人民的生存权。我们认为人权不仅是公民权、政治权，而且包括生存权、经济权、社会文化权等等。对于像中国这样的发展中国家来说，首要的是生存权、发展权。没有生存权、发展权就不可能有其他人权。现在不少发展中国家持有与我们相同或相似的主张，甚至西方一些人士也赞同我们的看法。

就政治权利来说，美国等认为只有他们的模式，也就是多党竞选、三权分立、两院制才是民主，其他都不民主。我们认为，由于各国的历史、社会制度、经济发展和文化传统等不同，不可能有完全一样的模式。究竟民主不民主，最终要看是不是真正地遵照大多数人的意旨来办事，并且确实能为人民谋得最大的利益。但美国并不看重这一点。美国对中国评判的标准是，能推翻共产党领导和社会主义制度，就民主；否则就不民主，是专制。江泽民主席曾在对外宾讲话中精辟指出，西方一些国家所关心的不是广大中国人民的福祉，而是极少数企图颠覆政府、危害国家的人。

第四，我们与西方有如此大的分歧，还有一个是否尊重事实的问题。考察、评价一个国家的人权状况，应该根据事实，实事求是。所谓尊重事实，就是要从纵向看，即从历史角度看，是进步、停滞还是倒退了，而不应该只看一时的情况。也要从横向看，也就是从全局来看，成绩是主要的还是缺点、错误是主要的，或者说，存在的最主要的问题是不是解决了，还是只解决了一些无关紧要的问题，甚至是情况更严重了。这就是不能仅就一事来评价。我是从旧社会过来的，我从自己的切身经历看到，今天中国人民的人权状况，比起旧中国，可以说有天壤之别。当然不能说中国人权状况已十全十美，但人民最主要、最迫切的要求，也就是生存权问题基本得到解决了，而且生活还在继续迅速改善。

美国等一些国家根本不顾这些事实。如美国国务院每年发表的人权报告，还有“人权观察”等非政府组织发表的报告都攻击中国，对于中国取得的巨大成就根本一字不提，只罗列一些个别人、个别事，断言中国人权糟透了，是“人间地狱”。我们很重视调查他们提到的事情，发现其中基本是夸大的、歪曲的、道听途说的，有的纯属捏造。对于这许多造谣污蔑，我们的政府和报刊已作了批驳。可以举一些曾轰动一时的例子。如有一个关于中国贩卖、移植死刑犯器官的片子，在西方国家到处放，说是医生正在移植死刑犯的肾脏。我们去调查这件事，找到了镜头上的医生和病人，证实这并不是什么移植肾脏，而是正在做心脏手术。镜头本身已经说明了这一点。当时是在病人胸部开刀。大家知道肾脏不在胸膛里头。他们就是拿这样的“证据”来污蔑中国移植死刑犯器官。另一件在西方轰动的事件，就是说中国孤儿院有意虐待、残杀儿童。有这么一个片子叫“死亡屋”。后来有许多外国记者到实地去参观，发现根本不是这么回事。美国有许多在中国领养孩子的人，他们也纷纷向美国的报纸、新闻机关投诉，揭露这些说法不符合事实。又如，“人权观察”的报告说，有一个叫郭海峰的被判刑，是因为他是持不同政见者，是政治犯。经过我们了解，这个人被判刑是因为他以许多手段诱骗、奸淫了六个妇女，证据确凿。还有西藏问题，这是在国外闹得很凶的问题。西藏过去在达赖统治下，是个比欧洲中世纪更黑暗的政教合一的农奴制社会，95%的人是农奴或奴隶，属于5%农奴主所有。农奴主可以将农奴转让、买卖或用于抵债。农奴主甚至可以私自判刑，直至处死。旧西藏的刑罚非常残忍，包括剁手、剁脚、挖眼、杀头、剥皮。达赖喇嘛是最大的农奴主，他做法事时，需要提供人的血、肠子，包括整张人皮。这都有许多实物和文件为证。现在西藏再没有农奴了，人民都有了公民权、政治权，生活有了巨大改善。西方一些国家把过去的西藏描写成“人间乐园”，现在的西藏是“人间地狱”，把达赖喇嘛这个最大、最残暴的农奴主说成是最慈悲的、善良的救世主，这是世界上最大的是非颠倒。

中国的人权状况究竟如何，中国广大人民最清楚。为什么美国等不去问问中国广大人民呢？西方一些人既不了解中国实际情况，又不去问中国广大人民，他们只是听信那些极少数背叛祖国的人，制造移植死刑犯人器官谣言的吴宏达，或制造残害福利院婴儿的张淑云及分裂分子如达赖喇嘛等人的话。中国有句成语，叫“一叶障目，不见泰山”。西方有些人就是专门用树叶去遮别人的眼睛。

第五，中国是不是有违反人权的问题。可以说世界上现在没有一个国家的人权状况是十全十美的。中国也存在许多不能令人满意的问题，离我们希望的充分享有人权的目标还有很大距离。比如中国还有6000万人没有解决温饱问题。虽然这在中国总人口中仅占不到5%，但仍是一个不小的数字。还有许多儿童因贫困失学，这涉及教育权问题。中国城镇职工现在还有近3%的人失业；在企业改革中，有许多职工要离开现有的工作岗位，这就存在“再就业”问题。至于直接违反人权的现象，哪一个国家也不能说完全消灭了，中国也一样。比如拐卖妇女儿童问题，一些私营或外资企业违反劳动法，限制工人人身自由，搜身，超时劳动的问题等。又如有些违法乱纪者打击报复揭发者，司法人员非法拘捕、虐待犯人等。这些现象恐怕每个国家都存在，应该说中国不是最严重的。问题在于政府如何对待？是坚决反对、制止，还是听任？中国政府非常重视这些违反人权的情况，一经发现，严肃处理。近年来我国不断健全法制。最近人代会通过了《刑法》修正案就是突出的例子。原来的《刑法》190多条，现增到450多条。我国还在全国范围内开展打击刑事犯罪活动，普遍进行廉政肃贪斗争。这些都直接与维护人权有关。这次人代会上检察长张思卿报告说，去年立案侦查的关于渎职和侵犯公民人身、民主权利的犯罪大案有4864 件。检察机关重视保护犯罪嫌疑人以及服刑人犯的合法权益，严肃查办了司法、检查人员刑讯逼供、非法拘禁、私放罪犯等犯罪案件。这些都说明政府是非常严肃地处理违反人权的行为的。

在维护人权的问题上，中国还有一个与其他国家不同、有特色的地方，就是在物质文明建设的同时，努力加强精神文明建设。前不久，中央颁布了《关于加强社会主义精神文明建设的决议》。精神文明建设的主要内容包括提高科学教育水平、民主法制观念；提供积极、健康、丰富多彩的文化生活；改善社会风气、公共秩序、生活环境等等。这些都跟促进人权直接有关。精神文明建设特别强调加强社会主义道德建设，道德建设的核心就是全心全意为人民服务。其中包括尊重人、关心人、热爱集体、帮助贫困、男女平等、尊老爱幼等。为此在全国展开学习全心全意为人民服务先进典型的活动，号召全国人民参加“扶贫工程”，解决近6000万人的温饱问题；参加“希望工程”，帮助失学儿童入学；参加“幸福工程”，帮助有困难的母亲。精神文明建设为维护、增进人权打下深厚的思想基础，建立起社会保障。

这些说明，中国政府为解决人权方面存在的不足和克服各种违反人权的现象作出了努力，取得了重大成果。尽管中国在人权方面还存在这样那样的问题，但广大人民还是比较满意的，对政府作出的努力是肯定的。

概括起来说，正确评价中国的人权状况，我认为应该是三句话：取得了伟大的成绩；还有不少问题；正在努力改善。但是美国等只讲一句话，问题严重。这是不公正的。

第六，对于每一个国家如何改善人权状况，我们认为应由每个国家自己去决定。除发生侵犯其他国家利益或发生侵略，危及世界安全的情况外，别国不应横加干涉。各国的历史、政治、经济、文化、宗教信仰等不同，只有各国的人民最了解本国的情况，最容易找到切实可行的改进办法。一个国家选择什么样的社会制度、政治体制，采取什么政策，这是一个国家主权范围内的事，别国无权干涉。

现在，一些国家不仅对别国的人权状况任意指责，而且强迫别国照搬它的模式，执行它提出的要求，否则就要加以制裁等等。实际上，这种要求是根本不符合别国的客观实际和人民意旨的。如果真的照此办理，必然引起混乱，招来损失，造成严重恶果。而这些国家对此可以毫不负责，而且可能正是他们要达到的目的。

一些国家为了给利用人权干涉别国内政制造理论根据，提出“人权高于主权”。且不说这个理论本身就是荒谬的，实际做的结果会是怎样呢？能借口人权“高于”别国主权的只能是强国、大国，至于弱国、小国，即使看到强国、大国犯下了严重侵犯人权的罪行，能“高于”这些国家的主权，进行干涉、加以制裁吗？美国侵犯人权的状况还不严重吗？种族歧视到现在仍严重存在，如洛杉矶暴乱，许多黑人教堂被白人种族歧视者烧掉等等。哪个弱小国家能够不顾美国的主权去干涉它呢？现在的情况就是如此。发展中国家、弱国、小国总是作为被告受审判。而高踞审判台的都是西方发达国家。联合国人权委员会正在开会，美国、欧洲一些国家又要对中国发起攻击，还要提谴责中国的决议案。过去已提了六次，都失败了。中国有句成语，“事不过三”，现在一倍了，但它还不死心。会有什么结果呢？它就不愿意检查一下自己，为什么六次都失败了？这说明它无理，不公正，多数国家站在中国一边。西方为了解脱其失败，有一种说法，说中国对一些国家施加压力，所以都站在中国一边。但中国能比美国有钱有势吗？美国等对中国的攻击，只是更加暴露了它蛮横无理、搞强权政治的真面目，在国际上必然更加孤立，更加激起中国人民的愤慨。中国过去遭受帝国主义够多的屈辱，但中国人民不屈服。现在中国人民已经站起来了，还会忍受这样的屈辱吗？

当然，这并不是说各国对于人权问题都一律回避，不问不闻。相互之间有不同意见是正常的、自然的，应该采取平等对话的方法，以增进相互了解，相互取长补短，相互促进，而不应横加指责，威胁制裁，进行对抗。这种做法不利于促进人权，只利于推行霸权。

问：中国是否存在不同政见者？

答：所谓“持不同政见者”是个外来词。如果是指政治犯，这是西方一些国家一再攻击中国的，那么这是不存在的。中国只对触犯刑律、构成犯罪的人才判刑。中国正在全国范围内进行宣传教育，一定要遵循邓小平建设有中国特色社会主义理论。大家特别重视学习的《邓小平文选》第三卷中，有一篇1986年与中央政治局常委的讲话。邓小平同志在这篇讲话中说，“涉及政治领域、思想领域的问题只要不触犯刑律就不受刑事惩处”。这是昭告天下的，讲得非常明确。

“持不同政见者”如果指反党、反社会主义的人，当然有。一个12 亿人口的国家，能一个没有吗？如已叛逃出去的人天天在骂中国，他们不就是吗？他们中一些人不仅是反党、反社会主义，而且提出中国过去反对帝国主义也是错误的。他们说，如果中国成了殖民地的话，早就富强起来了。还有分裂国家的分裂分子，有被外国反华势力收买、豢养的人，也还有过去受到惩罚而心怀仇恨的人。此外，还有在思想上、价值观上完全接受西方资本主义那一套的人。但是这些人是极少数。许多人不断在事实面前受到教育而改变了他们的立场观点。美国政府今年发表的人权报告说，中国对待持不同政见者更严厉了，以致现在连持不同政见者的声音也听不到了。其实，是许多人变了，他们不当持不同政见者了。还有一些人，他们的主张得不到群众的支持，反而引起强烈的不满，于是销声匿迹了。中国有句成语，“防民之口，胜于防川”。人民有不满就要发泄出来，防河泛滥不易，防嘴巴说话更难，堵是堵不住的。国民党反动派统治时天天杀共产党，镇压反抗的人。但是不仅没有镇压下去，反而被共产党领导人民推翻了。这是自然规律，压力越大，反抗力越大。有谁有能力把12亿人的嘴巴封住呢?

西方有一个主观想法，总以为中国人民反对共产党、反对社会主义，因此肯定有许多持不同政见者。广大中国人民看到国家日益强大，自己的生活日益改善，他们为什么要反党反社会主义呢？道理非常简单。

问：中国对待死刑问题上的态度如何？是否准备取消死刑?

答：中国现在和世界上许多国家一样保留死刑，但对死刑在法律上作了极为严格的限制性规定。

中国历来对死刑十分慎重。毛泽东说过，脑袋掉了是不能再长出来的。另外，我们还认为人是可以改造的。只要还有改造的可能，就要力争把罪犯改造成为守法的新人，使消极因素变为积极因素，因此主张尽可能不杀或少杀。过去我们就没有杀伪满洲国皇帝，也没有杀国民党的许多大战犯，而是把他们改造过来了，有的成为政协委员、国家干部。

但是也不能一个不杀。对于那些罪大恶极、不可改造的凶犯，不杀不能平民愤，也不利于警戒其他人。杀也是一种教育，杀一儆百。比如日本侵略军在攻占南京时搞大屠杀。有两个军官进行杀人比赛，每人都杀了一百多人，当时日本报纸还刊登了新闻和照片加以颂扬，对这种人该不该杀？纽伦堡和东京军事法庭对德、日大战犯判处死刑，大快人心。对这种人该不该杀？前一时期有消息说，比利时的一个杀人犯，奸淫、杀害了几十个少女。不知道是不是判他死刑了？这种人该不该杀？为什么要留着他们？这些人已失去人性，成了野兽。中国有个寓言，叫“东郭先生”，和伊索寓言中“农夫与蛇”的故事类似。对像狼和蛇一样的人的仁慈，就是对人的残忍。

当然，各国的情况不同，也许有的国家具备了废除死刑的条件。但是对中国来说，将来也许有可能，现在及很长一段时间内不会有这种可能。是否废除死刑，最根本的要看是否有利于维护广大人民的安全和利益，是否有利于保障人民的人权。我看，中国绝大多数的人会赞成在当前中国的情况下不杀不利的观点。

记者：朱会长不仅回答了我们提出的问题，而且也解答了我们想了解的问题。非常感谢给我们介绍了这么多的情况，提供了如此丰富的材料，这使我们对中国有了客观的了解，对中国人权展开状况有了全面的认识。

如何确保中国公民的人权
——答记者问

（1994年7月）

人权包含众多内容，人民都应享有。但在不同情况下，有轻重缓急之分，要首先确保人民最重要、最迫切的要求。

从中国来说，首要的是生存权、发展权。确保的办法就是对外维护国家主权，对内保持稳定，发展经济，根本解决人民温饱，达到小康。这两方面应该说中国做得不差。

在确保生存权的同时，要确保人民的政治权。我看，你的问题主要是在这一点上。现在外国对中国较为普遍的一种误解，就是中国不重视和损害人民的政治权利。

我愿意提供有关这方面在中国人们常引用而外国人比较生疏的一些用语。在中国，干部、群众和文件中有一句常用的话，就是人是决定因素。意思是不论做什么事，人是否赞成，是否对此有积极性，这是成败的关键。还相应地提出这样的口号：相信群众，尊重群众，依靠群众。对于任何决策，要从群众中来，到群众中去，也叫作走群众路线。这就是必须首先广泛听取群众的意见，然后集中群众意见，形成决策，又让决策到群众中去受检验。只有这样，决策才会得到群众拥护，因为这就是他们的主张；人们对实施这个决策也才有积极性。这具体反映了中国是怎样具体对待人民的政治权利的。

怎样判断人民是否享有政治权利，不能只看言词和形式，而要看是否真正按照人民的意见和要求加以贯彻执行。只是讲得好听，形式似乎民主，实际并不真正按照人民的意见和要求行事，这不是真正尊重人民的政治权利，人民也没有享受到政治权利。

尊重人民的政治权利，不只是遵从人民的意见和要求，还要能实现人民的要求。这就要在实行人民的意见和要求时，仍要相信群众，尊重群众，依靠群众，走群众路线。只有这样，才能不断充分调动人民的积极性，才能取得成功。

中国共产党为什么能取得革命成功，为什么在建设社会主义中取得成功，特别是粉碎“四人帮”以来，能取得举世瞩目的成就，奥秘就在人民真正当了家、作了主，发挥出了无比的积极性，否则就无法解释。

与德国客人谈人权

（1997年10月）

中国和德国没有直接利害冲突，不应由于人权问题影响两国关系。国情不同，对人权有不同意见，这是正常的。解决的正确方法是对话，对抗无补于解决分歧，相反只会增加矛盾。因此非常高兴有机会与各位就人权问题交换意见。

中国与西方一些国家在人权问题上存在相当严重的分歧，主要分歧何在？可以探讨。我觉得，最主要的分歧是在民主问题上。各位对西藏非常关心，问题的核心恐怕也在这个问题上。

中国是否民主？中国认为很民主，而西方一些国家则认为中国很不民主，而是非常专制。这就在“什么是民主？怎样才是民主？”上存在不同认识。

对于这个问题的不同看法，写了不知有多少本书。有一句话，我以为大家可能都赞同。《世界人权宣言》说：

“人民的意志应为政府权力的基础。”这就是说，政府必须遵循人民的意志，这样政府代表民意，得到人民的拥护，政府才是有权力的基础。这也就民主。相反，不遵循人民的意志，人民反对，政府也就没有权力的基础。这就是不民主，是专制。是否可以这样理解？这样来区分民主不民主是否比较简单明了？

按照这样的理解，中国的情况如何呢？就人民的意志来说，什么是中国人民的意志？在旧中国，内忧外患，民不聊生，人民的意志是争取独立，推翻封建。当时中国的统治者屈服或勾结外国侵略势力和封建势力，完全违背人民意志。这是专制，被中国人民在共产党领导下打倒。新中国建立后，国家还孱弱，人民还贫穷。人民的意志是解决温饱，民富国强。中国政府在中国共产党执政下，基本解决了人民的温饱，正向小康水平迈进，国力增强，国际地位日益提高。这说明，中国政府切实遵循人民的意志，积极实现人民的要求，有充分和扎实的权力基础。这怎么能反而说中国不民主呢！

西方流行一句话，“中国经济发展，政治不民主”，把经济发展和政治民主看作是毫不相干的两回事。这是根本不了解中国人民的意志，不懂得经济发展是人民最大的要求。因为只有经济发展，才能解决温饱，民富国强。实现经济发展，是执行了人民的意志，正是民主的体现。

西方一些人所以对民主的看法和中国不同，一个重要原因是他们不看重人民的意志，而只看重个人的意见。《世界人权宣言》所说的人民的意志，当然不是指各个个人的意见，而是指大多数人的意志。因此，判断是否民主，要看是否遵循大多数人的意志，而不能只看个别人或少数人如何。

西方一些人和中国对西藏的看法，也存在同样的问题。主要分歧有两条，一是西藏的主权是否属于中国。西方的政府一般同意西藏是中国的一部分。但是舆论上常常跟着要求“西藏独立”的达赖集团宣传中国侵略了西藏。另一个问题是，西藏人民的人权是否被剥夺或受到摧残。关键在政府是否遵循了西藏广大人民的意志。西方一些人只听信了达赖集团的宣传，而没有去真正了解一下西藏广大人民的意见和实际情况。

各位将去西藏，百闻不如一见，大家会进行实际考察。我提供一些建议。各位是否可以注意以下一些问题：

一、西藏过去（公元13世纪以来）是否是一个独立的国家？达赖喇嘛不敢完全否认1911年以前，西藏一直在中国历代皇朝的统治下，而认为1911年推翻帝制后，西藏即完全成为独立国家。各位可以了解一下现在的达赖喇嘛是怎样能成为第14世达赖喇嘛的？他是呈报当时中央政府经蒋介石批准后才当上的。

二、西藏过去在达赖喇嘛统治下，是什么样的社会？是香格里拉，还是比欧洲中世纪还黑暗的政教合一的农奴制社会？

三、达赖喇嘛是一个什么样的人？是一个和平使者，还是对西藏人民实行农奴统治的大农奴主？

四、曾是农奴或是他们后代的广大西藏人民，他们是愿意回到过去的农奴制社会，还是拥护现在的社会？

五、有比较才能鉴别。可以具体对比一下过去西藏人民的生活和现在的生活状况，是根本改善了，还是更坏了？

政治权利与经济权利密不可分

联合国人权公约指出，没有公民政治权利或经济社会及文化权利，都不可能实现人类无恐惧和匮乏之虞的理想。政治权利与经济权利因此是密切相关不可分的。公民政治权利的核心是人民能当家作主。经济社会及文化权利的关键是人民能保证生存和发展。没有政治权利，人民不能当家作主，就不能有保证自己生存和发展的经济权利；没有经济权利，连生存都无保证，也就谈不上有当家作主的政治权利。

但对此认识并不相同。以美国为首的西方一些国家就认为政治民主和经济发展没有什么关系。比如美国有种主张认为只须讲政治权利，不赞成还要讲什么经济权利，经济是属于个人的问题，国家管不上。

果真如此吗？政治民主与经济发展没有关系？美国等说中国虽然经济得到发展，而政治不民主。中国的历史事实完全相反。在旧中国，人民生活在屈辱悲惨之中，迫切要求经济发展，生活得到改善。一些爱国人士还提出要实业救国。但是，无论清王朝也好，北洋军阀政府也好，国民党政府也好，经济不仅没有发展，反而日益凋敝。他们根本没有把人民放在眼里。只有新中国成立，人民真正当家作主，这才完全按照人民的要求行事，经济日益发展，人民生活不断改善。不是中国人民真正享有政治权利，根本就不可能有今天这样的经济权利。

政治民主与经济发展究竟是什么关系？实际是有什么样的政治民主，有什么样的经济发展。

有两种政治民主，也有两种经济发展。一种政治民主是多数人、全国人民的民主，一种是少数人的民主；经济发展也有多数人的经济发展，有少数人的经济发展。多数人、全国人民的政治民主就是一切按照人民的要求和利益行事；少数人的政治民主就是一切按照少数人的要求和利益办。前者的经济发展是要多数人、全国人民的生活不断改善，共同富裕。后者的经济发展是少数人能不顾人民死活，攫取财富。因此，对多数人、全国人民来说，实行少数人主张的政治民主，就不可能实行多数人、全国人民的经济发展，也就是不能让人民生活不断改善，共同富裕。对少数人来说，实行多数人的政治民主，就不能实现少数人的经济发展，也就是少数人不能不顾人民死活，攫取财富。

这就不难了解，在少数人看来，多数人、全国人民的政治民主不能被认为政治民主，即使经济发展，多数人、全国人民生活不断改善，也不是实行政治民主的结果。相反，在多数人看来，少数人的所谓政治民主，是假民主，少数人的经济发展也不是实行政治民主的结果。

因此，实际是政治民主与经济发展密切相关。有什么样的政治民主，就会有什么样的经济发展。只是多数人和少数人的立场不同，对于政治民主和经济发展的要求不同，因此对两者的关系看法也就不同。

这也就是为什么美国等一直攻击中国经济发展，而政治不民主的原因。那怎么解释中国不民主而经济却发展呢？于是美国就发明了中国经济发展是维持专制手段的谬论。

生存权不只是发展经济

西方一些人把生存权简单地说作就是发展经济，并指责中国强调生存权是只重视发展经济，牺牲人权。

在旧中国，人民最迫切的人权要求是国家的独立和生存权。

要有生存权当然首先要发展经济，但是发展经济必须首先要有必要的条件，没有这些条件，就不可能发展经济。在旧中国，当时有人主张实业救国，可既没有能发展了实业、救了国，更没有争取到生存权。

中国经济不能发展的原因，一是帝国主义的侵略，一是封建主义和官僚资本主义的压迫剥削，没有一个真正代表人民的政府。因此要有生存权，要发展经济，就要首先争得独立，推翻封建主义和官僚资本主义，建立一个真正代表人民的政府。这说明，争取生存权，固然离不开发展经济，但不简单就是发展经济，而必须首先要取得发展经济的条件。

新中国成立，要不断提高生存权，当然首先要发展经济。但是要发展经济，首先就要从实际出发，解放思想，实行改革开放，为发展经济在国内外取得良好的条件。这就涉及政治、经济、社会、外交等许许多多方面的问题。因此强调生存权不就仅仅是一个经济问题。

稳定与民主

稳定，对于正在实行以经济建设为中心和改革开放的中国极为重要。因为不稳定，就无从进行改革开放，更谈不上经济发展。就如邓小平所说，“没有稳定的环境，什么也搞不成”。稳定保障了这些年中国持续快速发展。

为什么中国能保持稳定？西方一些人指责中国是专制国家，中国强调稳定只是压制民主的借口，保持稳定完全是靠压制民主的结果。也有人认为专制国家是经不得风吹草动的，而这些年来，虽然世界发生了许多激烈变化，中国却越来越稳定，充满活力，这是“怪事”。他们困惑地感叹西方的一套社会学理论无法解释这种情况。

其实，稳定与否，不是主观上想稳定就能稳定的。没有一个国家不想稳定，但不是任何国家都能稳定。能否稳定，有外在因素和内在因素，而内在因素是决定性的。所谓内在因素，关键在政策是否符合人民的要求和利益。符合就能稳定，不符合，多么想稳定也稳定不了。这个道理并不复杂。

政策违反人民的利益和要求，无论用稳定作借口以欺骗人民也好，打着稳定旗号对人民压迫强制也好，都达不到稳定。可能一时见效，欺骗终究会被揭穿，压制只会引起更强烈的反抗。中国人民对此有太多的切身经验。清王朝镇压要求反帝、反封建的人民，结果清王朝被人民推翻。北洋军阀镇压要求爱国进步的人民，结果北洋军阀垮台。蒋介石国民党镇压要求民主、抗日、和平建国的人民，结果蒋介石国民党被人民抛弃。

中国能够持续保持稳定，最根本的原因在于政策正确，符合并且实现人民的要求和利益。现在中国实行以经济建设为中心、坚持改革开放的政策，完全符合人民消除贫困、丰衣足食、民富国强、建成社会主义现代化强国的最大要求。这个政策带来国泰民安，经济持续蓬勃发展，人民生活不断改善，国际地位日益提高，人民对此当然满意，国家也当然稳定。因此稳定来源于执行了以民意为皈依的政策，也就是真正实现了民主。西方一些人对中国的稳定之所以感到困惑，难以理解，这是因为他们只承认西方式的民主，不承认中国实行的社会主义民主，而且把这种民主说成专制。各个国家情况不同，实行民主的制度或形式自然也不可能相同。哪种制度或形式能实现人民的要求，谋得人民的利益，那种制度或形式就是适合这个国家的民主制度或形式。它就会受到人民的拥护，也一定会为国家和社会带来稳定。中国切实实行完全符合中国国情和人民利益的社会主义民主，它必然带来稳定，这完全合乎情理，毫不奇怪。

稳定与否也与外在因素密切相关。所谓树欲静而风不止。对于中国和一些发展中国家来说，这个风主要是外来的干涉和侵犯。过去中国贫弱，帝国主义肆意欺凌侵略。现在中国日益强大起来，国外不愿中国强大的反华势力，就用“西化”、“分化”和制裁遏制软硬两手来对付中国。他们千方百计地要破坏中国的稳定，使中国人民不得安宁，不能实现人民建设社会主义现代化强国的要求。

对于民主有不同看法，这是正常的。有些人认为中国不民主，是认识不同问题。而有一些人竭力诋毁中国专制，不是认识问题，也不能看作仅是往中国脸上抹黑，还有更险恶的用心。他们要根本否定社会主义民主，实行他们所谓的民主，这样就可以恣意反对社会主义，挑起是否建设中国特色社会主义的争论，也就是重新讨论中国究竟往何处去。这是关系中国兴衰存亡的大问题，是曾经引起争论并流血牺牲上百年的大问题。只要争论一起，必然使中国再次陷入混乱甚至战乱之中，什么振兴中华、建设社会主义现代化强国，都化为乌有。邓小平说，民主“不能搬用西方的那一套。要搬那一套，非乱不可”。又说，“如果追求形式上的民主，结果是既实现不了民主，经济也得不到发展，只会出现国家的混乱，人心涣散的局面”。中国向何处去的这个问题，早已在实践中解决了，中国绝大多数人民决不会受蛊惑，抛弃社会主义民主，又去搬用西方的那一套民主，挑起造成全国混乱的争论，使中国再次陷入贫穷落后、任人宰割的悲惨局面。

保持持续稳定是不断发扬民主的过程。一切事物是发展的，人民的要求和利益也是不断发展和变化的。因此，只有不断发扬民主，才能不断保持稳定。建设中国特色社会主义，这是前无古人的事业，必然会不断出现许多新情况和新问题，发生各种困难和曲折。这一些过去有过，解决和克服了；现在也存在，正在不断解决和克服中。中国所以能不断解决问题和克服困难，就在于在走中国特色社会主义道路中，坚持发扬社会主义民主。今后还会出现许多新问题，发生各种困难，只要始终尊重人民当家作主的民主，充分依靠和发挥人民的才智和力量，群策群力，贯彻群众路线，就能少犯和不犯错误，各种问题和困难也必然能解决和克服。这是中国所以能并将保持持续稳定的关键所在。

实行民主，才能稳定；保持稳定，才能发展；只有发展，才能进一步促进民主。这是客观规律。中国一再强调稳定，正是要坚持和充分发扬社会主义民主，因为只有这样，才能保持稳定，才能不断发展，才能顺利地实现人民建设中国特色社会主义的要求。

谈谈言论自由

（2008年）

大家都讲要言论自由，问题是要什么样的言论自由。

有不一样的言论自由吗？

比如，有人主张言论自由就是想说什么就说什么。而绝大多数人认为言论自由不是也不能想说什么就可以说什么。实际上就有这两种言论自由。

可以造谣污蔑，谩骂诽谤，欲加之罪、何患无词吗？似乎不会有人主张这种言论自由。但是实际上不仅有，而且并不少见。许多人在“文化大革命”中就曾尝到过这种“自由”的苦头。不仅对一个人，对一个国家也可以这样“自由”。

是不是可以宣扬凶杀残暴，奸淫掳掠，拐卖撞骗，邪教迷信？这对社会公众是极大危害，不应有这种“自由”。但是在西方影视、网络等媒体上不是司空见惯，有的还哄动一时吗？

是不是可以鼓吹帝国主义、殖民主义、种族主义、法西斯主义、恐怖主义呢？这是危害世界和平安全，似乎决不会有这种“自由”。但是不仅有，而且很嚣张。比如主权观念已过时，“人权高于主权”，自封世界领袖可以任意对别国实行制裁，甚至军事进攻占领。

还可以举出其他种种言论自由，人民绝不要这类言论自由。但是有些人就要这类自由。

因此，言论自由大体可分为两大类，一是言论自由只能有益和无害世界、国家民族、社会公众的利益，另一类就正好相反。必须分清要哪类言论自由。

以中国来说，经过无数艰难曲折，流血牺牲，终于找到了中国特色社会主义的道路。实践证明，这是一条能使中国建成社会主义现代化强国，国家振兴、人民幸福的大道。为了中国特色社会主义建设，应该提倡和鼓励言论自由。那么，要什么样的言论自由呢？

言论自由无非三种，一是有宣传完善加强和促进发展中国特色社会主义建设的自由；一是有批评反对一切不利于中国特色社会主义建设的自由；一是有反对社会主义、实行资本主义的自由。

当然，中国广大人民要的和欢迎的是前两种，绝不要后一种。因为它不仅违反中国广大人民的意愿和完全不符合广大人民的利益，相反，会使人民再次陷入被压迫、被剥削和国家衰败、被他国欺凌的混乱落后挨打的悲惨深渊。

但是有人鼓吹言论自由，拐弯抹角地指责现在没有言论自由，大吹西方式民主，实际上就是要有反对四项基本原则、反对建设中国特色社会主义和走资本主义道路的自由。西方一些国家极力指责中国没有言论自由，就在要有反对共产党和推翻社会主义政府的自由。

言论自由的另一个不同是怎样才是言论自由？有真言论自由，有假言论自由；可以表面上似乎自由，实际上没有自由。

言论自由是“一个巴掌拍不响”的问题，你能说、能表达，还要人能听到和看到，听不到、看不到，等于自言自语，所谓自由，不是空的？

比如，你可以说，可以表达，甚至大声说，极力表达，但是人家用震耳欲聋的声音压倒你，连篇累牍地盖过你，让人听不到、看不到，你的所谓言论自由不也就没有什么意义。有的人很赞扬西方的竞选实际就是如此。竞选靠的是金钱，言论自由看有没有钱，钱多钱少。没有钱，没有自由。你既没有地方说，也没有地方表达，也没有人能听到。钱多的多自由，钱少的少自由。你的钱少，声音小，也就传不开，听到的人也不多。

个人和少数人能有言论自由，多数人不行，这是真言论自由吗？在旧社会，所谓言论自由只是统治阶级少数人范围的事，广大工农群众无份。但是一些人把这种情况就说作是言论自由。

人都长了一张嘴巴，有了嘴巴就要说话，但是说话不是为说话而说话，而是为了与人沟通，表达自己的意愿，而且还要有反应，否则你说你的，就是不理你，你尽管可以说，也就没有什么意义。

当然，不能每个人的意愿都要有反应，但是众多人，甚至绝大多数人的意愿应该有反应了吧。在资本主义社会，尽管广大的工农反对不公平，反对压迫剥削，人不可说不多，意见不可说不集中，可是权在统治的资产阶级手中，能有什么反应吗？大概不是根本不理，就是坚决反对。这是真言论自由吗？

这些情况不只是在一个国内，在国际间也一样。弱国小国的意见如果不符合一些强国大国的利益，强国大国就可以让你的意见既听不到，也看不见。因为强国大国掌握着庞大的舆论机关。你的声音小，也进不到他们的势力范围。

比如，西方对西藏暴乱炒的沸沸扬扬。事实是暴乱分子打砸抢烧，杀了许多无辜人们，西方一些国家反说是中国政府镇压藏族人民，杀了多少人。制造假照片，还编造一篇被杀人的名单。尽管中国介绍了种种事实，提供了现场照片，还对西方提出的被杀人名单一个个进行了调查，说明单子上的许多人是子虚乌有，勉强可以查对的，却都好好地活着。但是西方对此一概封锁。人们听到看到的都还是西方的一套。

对于西藏情况，西方一些国家也是伙同达赖，把黑的说成白的，把白的说成黑的。西藏在达赖统治时期，明明是比欧洲中世纪还黑暗的政教合一农奴制社会，是地狱，却说作似乎是天堂。现在西藏已废除了政教合一农奴制，广大农奴、奴隶得到解放，做了新社会的主人，生活得到很大改善，却被说成西藏人民受到了奴役，天堂变成了地狱。关于西藏的情况，中国政府发表了白皮书，有许多介绍实际情况的书刊和报道，但是被封锁，一般人不知道。网上有一篇一个中国人和法国当老板的朋友的对话很典型。

法国老板完全相信法国报纸上关于西藏的那一套。

宋（中国人）："你提到达赖喇嘛，你了解西藏吗？"

巴（法国老板）："不了解。"

宋："那你了解达赖喇嘛吗？"

巴："抱歉，不了解。"

宋："达赖是政教合一的统治集团。政教合一在法国是禁止的非法的。

巴："这个我不了解。可是没有人对我讲。"

宋："你知道1959年西藏暴动前是实行的什么政治制度吗？"

巴："当然是民主制度。"

这也就可看到封锁的一斑了。在国际上，并没有真正的言论自由。

西方一些国家实际自己并没有真正的言论自由，却百般指责中国没有言论自由，中国是没有言论自由吗？中国之有今天，正是实实在在实行言论自由的结果。不能说事无巨细，都听从了人们的好意愿，因此在言论自由方面还需要改进和完善。但是广大人民群众最主要的和最迫切的意愿，作为人民自己的政府，不仅是认真听取，而且切实努力实现。

新中国成立后，广大人民最主要和最迫切的意愿是解决温饱，生活不断得到改善，这个意愿实现了。广大人民的最大意愿是能民富国强，把中国建设成为社会主义现代化强国，这个意愿已在不断实现。

这不是完全符合言论自由的要求，是真正的言论自由吗？

实践是检验真理的唯一标准。言论是不是真正自由，要看实践的结果。

中国监狱人权保障*

热烈祝贺全国监狱人权保障理论研讨会在历史名城南京召开。

监狱是人权公开受到限制的地方，也容易发生对人权的忽视和侵犯。因此，监狱人权保障如何可以说是一国人权状况好坏的重要标志之一。

中国人权状况这些年有很大改善，监狱人权保障也有显著进步。1992年，中国就曾发表《中国改造罪犯的状况》白皮书，以事实具体介绍了中国监狱人权保障的情况，在国内外引起了广泛的反响，在国际人权斗争中发挥了积极的作用。

中国对人权包括监狱人权保障的重视和实践，是由中国特色社会主义所决定的，因此它具有自己的特色和优点。现在外国一些人对中国监狱人权保障的情况不了解，有误解，甚至歪曲诽谤。如何正确评价和介绍我国监狱人权保障状况，并且研究总结和发扬自己的特色和优点，这不仅对国外正视听，而且对我国人民全面了解和促进监狱

* 2003年9月在“全国监狱人权保障理论研讨会”上的讲话。

人权保障都有重要意义。

中国监狱人权保障不断得到改善，一个重要原因是坚持人是可以改造的、罪犯也是可以改造的指导思想。罪犯除了罪大恶极不可救药的以外，都是可能改造成为对社会有用的新人的。因此对罪犯除了给以必要的惩罚，更着眼于教育。把罪犯作为教育对象，这就为保障罪犯应有的人权确定了前提条件。这可以说是我国监狱人权保障的一个重要特点。为了进一步促进监狱的人权保障，应该坚持罪犯是可以改造的指导思想，并且大力发扬这一特点。

各国的人权状况都受到本国历史、社会、经济、文化等方面的制约，是一个发展的过程。监狱人权保障也一样。我国正处于社会主义初级阶段，监狱人权保障虽取得很大成绩，但还有不少不能令人满意的地方。为了进一步促进监狱人权保障，除了上述贯彻执行罪犯改造的指导思想外，最终还必须有法律的保证。我国的法律对监狱人权保障有许多明确的规定，近年来又有不少补充和修订，如何加以切实贯彻和不断完善，这是需要认真探讨的。

党的十六大再次提出了“尊重和保障人权”。监狱人权保障是整个人权事业的一个重要组成部分，作为从事司法工作和人权研究工作的人员，有责任按照十六大的要求，不断促进监狱人权保障工作。我们应该有志气，使我国监狱人权保障成为世界的表率。

这次研讨会对促进我国监狱人权保障工作将是很有意义的。祝研讨会取得圆满成功。

世界金融危机与对外人权斗争

（2008年12月）

最近意识形态方面的斗争越来越显得突出。这有国际和国内的原因。

今年，西方反华势力和达赖集团策划西藏暴乱，利用奥运会攻击我国，气势不可谓不猖狂。国内鼓吹资产阶级自由化和反对我国坚持中国特色社会主义道路的杂音、噪音在继续蔓延，如果再不加扼制，非常危险。

斗争的形势如何？现在全世界面临金融危机。这对每个国家的对内和对外都产生重大影响，而这种影响还将进一步发展。在这一新形势下，我们与西方关于意识形态的斗争将会产生什么新情况、新问题，这是我们应该特别注意研究的。

总起来看，世界金融危机对西方资本主义国家是个沉重打击。对我国虽然也有影响，但情况迥然不同。现在中国在国际上的地位和影响不仅没有降低和削弱，而且“中国模式”成了世界舆论越来越热门的话题。所谓“中国模式”，也就是中国特色社会主义。这将对世界产生深远的影响。

这场世界金融危机对西方“西化”、“分化”我国的图谋也是一个沉重的打击。西方对我国的“西化”、“分化”主要在经济和政治两方面。在经济上是鼓吹私有化，反对政府干预经济；政治上就是宣扬资产阶级自由化。国内的杂音、噪音主要也是呼应这“两化”。其最终目的是推翻共产党的领导，推翻社会主义。而西方的经济发展模式和西方的民主自由模式却在金融危机的冲击下遭到根本动摇。英国《泰晤士报》就惊呼资本主义将发生根本变化，引发比共产主义垮台更严重的影响。在经济上，美国政府不得不拿出成千上万亿美元收购控股掌管大银行、大企业。于是有布什实行社会主义和中美“两国一制”的讽刺。

至于资产阶级自由化，它打的主要旗帜是人权。而金融危机给资本主义国家人民损害突出的恰恰是人权。《世界人权宣言》提出免除恐惧和匮乏之虞，金融危机给资本主义国家人民带来的正是生的恐惧和活的匮乏。衣食住行，都发生问题，于是投河上吊的、铤而走险的都有。这原是不奇怪的。西方一些国家对人权本来就只讲政治权，不讲经济权，更反对中国讲首要人权是生存权、发展权。世界首富的美国，原来就是“朱门酒肉臭，路有冻死骨”，可以有成千上万的人饥寒交迫，无家可归，露宿街头。金融危机只是更突出地暴露和加重了对广大劳动人民人权的损害而已。

世界金融危机对中国和资本主义国家的巨大不同影响，使世界许多国家的人民更想了解中国，不再那么相信西方对中国的造谣污蔑。许多国家由于想依靠中国减轻经济危机，要搞好与中国的关系，这会迫使那些反华势力不得不有所收敛。这是我们对外介绍中国和抵制西方“西化”、“分化”阴谋，特别是关于人权问题的大好机遇。如何充分利用这个机遇，我想这是我们当前应该认真对待的问题。

由于今后西方反华势力对我挑战攻击可能不如过去频繁激烈，日常的应战斗争减少，对此，我们不应有任何松懈。而正可利用这一机遇，更有计划、有组织地从理论上和实践上介绍我国在人权方面的情况，这包括西方反华势力经常攻击我们的民主、自由、司法、宗教、民族等。同时对西方反华势力对我进行资产阶级自由化图谋的各个方面加以揭露和批驳。中央领导同志特别指出明年是西藏达赖集团叛乱五十周年，“六四”风波二十周年，要防止达赖分裂集团和为“六四”翻案的一伙闹事，我们应该未雨绸缪，早作安排。

还可以介绍我国和西方一些国家对付金融危机的政策和措施上的不同。西方一些国家采取的是以人民纳税的钱救大老板的急。而中国是采取各种办法减少和避免危机对一般人民的损害。

我十分赞成我国对经济危机采取的低姿态。我们在介绍我国遭受世界金融危机影响的情况和采取的对策和措施以及成果时，应该以客观平实的态度，完全摆事实，不要流露出自满和自我标榜、沾沾自喜的意味。

当然今后也可能出现另一种情况，由于我国的影响大大增强，西方反华势力将更加紧对我国进行诽谤污蔑。现在也有这种苗头。如果是那样，我们就积极应战，我们完全处于有利地位。

地震 震垮了对中国的污蔑

（2008年）

西方一些国家不遗余力地指责中国不民主，实行专制。中国究竟是一个什么样的国家？

最近四川地震，可说把中国震了个底朝天，中国是什么样，完全呈现在世界面前。中国的情况怎么样呢？中国共产党和人民政府倾其全力救灾，表现出他们是真正从人民中来，真正代表人民，全心全意为人民服务。中国全国人民自发地不惜一切抢救自己的同胞，全力维护自己的国家利益，表现出自觉是国家的主人。一个反对人民、实行专制的国家的执政党和政府会是这样吗？人民会是这样吗？

疾风知劲草，在危难中最能考验人。四川地震浩劫，中国经受了最严厉的考验。考验结果，中国受到世界普遍的赞扬。

看一个党也好，看一个国家也好，都要不仅听其言，还要观其行。实践是检验真理的唯一标准。民主不民主也一样，不能只听其言，还要看行动，还要看结果。这也就是不能只看表面形式，要看内在实质。

民主的实质是什么？简单地说，就是遵从人民大多数的意志，实现他们的要求。言论和形式再显得民主，而不能遵从人民的意志，实现他们的要求，能算民主吗？

中国人民的最大的愿望和要求是什么？在新中国建立前，是推翻帝国主义、封建主义、官僚资本主义“三座大山”，获得独立解放；新中国建立后，就是解决温饱，民富国强，建成社会主义现代化强国。现在，前者早已实现，后者正在一步步实现，已取得令人惊奇的成就。这不是很民主吗？怎么倒是专制呢？

一些人攻击中国不民主，就只看形式。他们以西方的民主形式作为标准，中国没有实行西方的一套民主形式，如多党竞选、两院制、三权分立等，因而就不民主，而根本不看中国人民是否实现了他们的愿望和要求。西方国家对自己的人民也是宣扬这一套，而根本不讲是否实现人民的愿望和要求。

至于中国实行的民主形式，它与西方形式根本不同，是中国特色社会主义民主。民主的形式当然也很重要。但是一种形式的好坏，在于它是否适合这个国家，能否保障民主的实现。能，就是好的，适合这个国家的；不能，就是不好的，不适合这个国家。中国现在采取的形式，既然能使中国人民实现自己的愿望和要求，真正实现民主权利，这不就是最适合中国实际的民主形式吗！当然不是十全十美，还须完善。但它能实现人民的民主权利。

当地震灾难来临时，成百万成千万受灾人民和全国人民最迫切的要求是什么？是最快最大的救助。中国做到了。这是最重大、最彰明、最无可置疑的事实，是对中国不民主的污蔑的最有力的驳斥。

中国共产党作为执政党领导中国就要六十年了。它能长期执政并非偶然。就在它始终以人为本，以民为主，全心全意为人民利益而斗争。否则早就站不住，更不要说受到大灾大难的冲击。

在这次可怕的地震冲击中，在中国共产党领导下实行中国特色社会主义民主的中国，更显示出它的勃勃生机，也更增强了它的根基。而一切对中国不民主的污蔑，被震垮了。

民主调包术可以休矣

鱼目混珠、调包，原是普通骗局，现在却有人用之于改革开放和民主。这就是要调中国的改革开放和中国特色社会主义民主的包。有洋调包，就是把中国的改革开放和中国特色社会主义民主调换为民主社会主义，或者说西方民主。这似乎不少人已注意到了。还有土调包，就是把改革开放和中国特色社会主义民主调换成胡适牌的改革开放和民主主义。这是新戏法。两者的共同伎俩就是把中国的改革开放和中国特色社会主义民主说作基本上就是民主社会主义或者胡适牌的民主主义。

请看《炎黄春秋》不久前公开发表的文章《胡适与陈独秀关于帝国主义的争论》。作者推崇胡适的《国际的中国》这篇文章“简直是一篇‘开放的中国’，它比1980年代的改革开放几乎提前了一个甲子”。这篇文章的“基本的思想”是什么呢？作者介绍，就是“请民族主义让位于民主主义，用民主主义解决民族问题”。也就是只要实行民主主义，别管什么帝国主义侵略。作者引用了胡适反对陈独秀反帝的话说，“政治纷乱的时候，全国陷入无政府的时候，或者政权在武人奸人的手里的时候，人民觉得租界与东交民巷是福地，所以我们很诚恳的奉劝我们的朋友们努力向民主主义的一个简单目标做去，不必在这个时候牵涉到什么帝国主义的问题”。

调包必须用障眼术，这里的障眼术就是明着只是讨论反对帝国主义问题，实际是推出胡适牌的民主主义。胡适牌的民主主义的特点是不要反对帝国主义，而新中国实行的改革开放和中国特色社会主义民主的前提是推翻帝国主义、封建主义、官僚资本主义“三座大山”，而且必须坚持包含维护国家主权、反对霸权主义的四项基本原则，两者是水火不相容的。因此要把两者混淆起来，就必须首先抹掉反对帝国主义的差别。

作者认为中国一开始就不必反对什么帝国主义，作者说，“不得不指出这样一个事实，就1920年代言，经过八十年的流变，因帝国主义而造成（对中国）的侵略危机不是更严重了，而是逐步向好的方向转化。”“这种侵略危机自1840年始，至1900年的八国联军，已基本告一段落。”“1900年以来，除了历史上遗留的不平等条约，帝国主义对中国的领土的危机基本不存在。”“整个国际形势对中国来说，应当不坏。”作者引胡适的话说，“现在，经过巴黎和会和华盛顿会议，‘老实说，现在中国已没有很大的国际侵略的危险了'，'所以我们现在尽可以不必去做那可怕国际侵略的恶梦'。"

为什么西方帝国主义不侵略中国了呢？作者引用胡适的解释，"外国投资者的希望中国和平与统一，实在不亚于中国人民的希望和平与统一。"因为投资者的心理，"大多数是希望投资所在之国享有安宁与统一的。"

作者认为，反对帝国主义并非中国人民的要求，完全是苏联"策划"的结果。作者说，"反帝国主义像冬天里的一把火，执火者是中国人，点火这者却是苏联。""中国的反帝背后有一只苏联的手。"

当时不只中国共产党，而且国民党孙中山也反对帝国主义，作者认为这也是有苏联背后这只手。作者说，"苏联的策略是同时伸出两只手，一只手扯住年轻的张国焘们，另一只手则伸向势力更大的国民党。"

苏联为什么要"策划"中国两个党一起反对帝国主义呢？作者认为，原来完全是苏联为了自己的利益，利用中国来反对美国。"苏联策划的中国反帝运动，首要目标就是反美。"作者说，"把孙中山的中国作为反美的工具，以所谓民族革命，让中国成为美国的敌人，这就是苏联向远东伸出带着长毛的'咸湿手'的意图。"而美国当时照作者的描述却不仅不是欺负而是最帮助中国反对列强的。

但是作者没有解释，为什么虽然当时"帝国主义对中国领土的危机基本上不存在"，但是不仅中国共产党而且连孙中山和广大人民竟然没头没脑地接受苏联的愚弄挑拨，以至在全国燃起“反帝的冲天大火”，并“蔓延到了东方各地”，反帝“一直深入到国人的头脑与血液，以迄于今。”作者也没有触及上世纪二十年代帝国主义“侵略的危机不是更严重了，而是逐步向好的方向转化”，“基本不存在”，外国投资者“希望中国和平统一”不下于中国人民，而且这时国民党早已只反共、不反帝，还要一统全国，何以帝国主义不仅不放松中国，又发生种种侵略中国的事件，以至自1931年日本侵占东北到1937年“七七”事变要灭亡中国。甚至中国参加了世界反法西斯战争并取得胜利，而帝国主义势力仍然不肯退出中国，继续欺凌中国，如沈崇事件。

这正是破绽所在。否则障眼术也就不叫骗局了。

作者的用意应该说非常清楚，总之，当初中国就不该反对帝国主义，中国从一开始就走错了路，现在应该抛弃它，只要实行胡适牌的民主主义就对了。

有人喜欢做翻案文章，以此标新立异，博得个彩头，这原属平常。也许作者的原意亦仅做做翻案文章而已。现在有些人热衷于做翻案文章，对于过去革命和建设大家认为正确的事，都偏要否定。但做到中国人民早所公认的反对帝国主义的头上，那真是要特别令人刮目相看。

但是作者捧出胡适牌的民主主义这一高论，却与西方高唱的人权高于主权论十分合拍。人权高于主权的要害就是主权的概念已过时，根本就不能再讲什么国家主权。西方的反华势力正齐声恫吓过去“黑骨头”的中国，现在竟然要与人平起平坐，还搞什么实为“专制”的中国特色社会主义民主，必须老老实实遵行“西化”，实行西方民主，作者的文章还正好同声相应，这就显得非同凡响。而且还能公开宣扬，这就似乎更难以等闲视之，只当耳旁风，一笑了之。

可惜，不仅当时中国共产党，连孙中山和全国广大人民都没有听胡适的，而是选择了一条延续至今的路，这条路经过一个甲子的实践证明是完全正确的道路，以致有现在这个不仅站了起来，还日益强盛的中国。中国人民还不致愚蠢到会不识好歹祸福，今天就此愿意让无论是民主社会主义或者胡适牌的民主主义鱼目混珠，调了包。其实，民主社会主义也好，胡适牌的民主主义也好，都是一个货色，就是西方民主。所谓西方民主，不仅中国人民早就看透唾弃，现在也日益在越来越多的国家破产。

常言道，人民的眼睛是雪亮的。调包术可以休矣！

不要被人牵着鼻子走

（2008年）

不要被人牵着鼻子走，或者不要随着别人的指挥棒跳舞。

西方的一些反华势力千方百计抹黑中国，把中国说得非常可怕。他们特别污蔑中国违反人权，没有民主。对于这些污蔑诽谤，就不能被人牵着鼻子走。

人权、民主不是西方所专有，中国有中国的人权和民主。但是两者有本质的不同。

西方讲的人权是个人和少数人的人权，主要是个人和少数人有踩在众人头上发财当政之权。自然，我们不会有人犯傻，去和西方在这方面争论谁的个人权利大。中国讲的是多数人和全国人民的人权。个人有个人的权利，与西方的不同，在于个人有同全国人民一同致富和当家作主的权利。

西方实行的是资本主义民主。它的民主实际是少数人的民主。它用一套形式伪装得似乎很民主。因此它也主要从形式上指责中国没有民主。比如没有实行多党竞选、三权鼎立、两院制等。而我们有些人却和它在形式上去争论是非。比如，在多党制上，有人就随着说，中国也是多党。实际上中国的多党和西方的多党制根本不同。于是人家就会提出，那么为什么没有反对党呢？这就要费很多口舌去解释。确也有那么一些人，真的要求中国成立反对党。

中国反对照搬西方民主模式，不会实行多党制、三权鼎立等，因为这不符合中国实际和广大人民的利益。中国实行的民主是中国特色社会主义民主。它采取的是人民代表大会、政治协商、多党合作、民族区域自治制。这种民主制度使人民能真正当家作主。中国人民之所以有今天的生活，正是因为在这种民主制度下取得的。那是真正符合中国实际和人民利益的民主。

两种不同的人权，两种不同的民主，在主要的各个方面不可能相同。要以迎合去应付挑战，必然被人牵着鼻子走。

关于所谓“三代人权”的提法

（2000年10月）

西方有所谓“三代人权”的提法。这指的是人权被限定为白人男子的政治权利，到承认普遍的政治权利、经济权利，以至发展权。这种情况也许是符合西方国家的，但并不符合社会主义国家。苏联成立后，在宪法中即规定了人民的普遍的政治权利、经济权利、社会文化权利，实际上也包括发展权（当时还没有发展权的提法）。中国共产党领导的苏区、解放区和后来的新中国，在颁布的法律和宪法中，也都是这样规定的。因此对社会主义国家来说，不存在“三代人权”的情况。

所谓“三代人权”，实际上是根据联合国关于人权的约定来划分的。联合国建立之前是一代，承认经济权，社会文化权是第二代，后来加上发展权是第三代。这种划分就国际间关于人权的认知和约定来说，是可以的。但不能以此来概括世界人权的情况。

如果“三代人权”作为人权观，那更不合适。世界上基本只有两种人权观。在马克思主义诞生之前，是资产阶级人权观一统天下；马克思主义诞生后，就有了与之对立的另一种人权观。一百多年来，人权观有变化和发展，但基本上仍然只有两种人权观。因此从人权观来说，只能说二代人权观，不能说三代人权观。

所谓人人生而自由平等

“人人生而自由平等”，许多重要的人权文书这样写着。这是美好的理想，但完全不是事实。实际是人不只是出生后，就是在娘肚子里就是不自由平等的。在阶级社会里，怀在奴隶主、王公贵族和有亿万财富资本家娘肚子里，与怀在饥寒交迫劳动人民娘肚子里的胎儿，有什么平等？

美国“独立宣言”说，上帝赋与的权利“包括生命权、自由权和追求幸福的权利”。首先是生命权。确实，人的最基本的和最起码的权利应该是生命权。没有了生命的保障，还谈得上什么其他权利？但是，在资本主义社会，上帝恰恰就没有赋与人人生命权。生命权掌握在资本家的手中。有生产资料，才有生命权，没有生产资料，就没有生命权。具体地说，如果你除了劳动力外一无所有，那么，掌握生产资料的资本家愿意购买你的劳动力，那你就享有生命的权利，否则，他不买你的劳动力，那你就没有享有生命的权利。你的劳动力价值多少，由资本家说了算。这里哪有什么自由平等?

天赋人权，资产阶级以此作为旗帜与封建特权作斗争，曾起过进步的作用。但资产阶级取得政权后，并没有让人人有人权。而这个旗帜很有欺骗性，因此它紧紧抓住不放。为了揭穿资产阶级的欺骗性，应该解释所谓天赋人权是大家曾认为的人人应该有人权，而资产阶级统治下的社会却是大多数的人没有人权。

资本主义扼杀民主
（2007年）

美国《外交政策》杂志2007年9–10月号刊登了一篇文章，题目叫《资本主义是怎样扼杀民主的》。正当美国大肆鼓吹和强行推销资本主义民主，攻击中国实行社会主义民主是专制，而我国也有那么一些人为资本主义民主大唱赞歌的时候，这篇东西对他们来说，实在是来得不是时候。更使人难堪的是，发表这篇文章的是美国原劳工部长。敢肯定，他不是共产党。

资本主义真民主吗？文章说，“普遍的看法是，只要资本主义和民主其中之一蓬勃发展，另一个必然紧随其后”。但是文章说，“然而如今它们的命运开始分道扬镳。资本主义在茁壮成长，而民主却难以为继”。

文章说，“从俄罗斯到墨西哥，许多在经济上取得成功的国家只是名义上实行民主制”。是不是这只发生在其他一些国家，而不会是在像最发达的资本主义国家如美国？

不然，文章说，这些国家是遇到了“也困扰着美国民主制度的那些难题”。

什么难题呢？文章说，就是资本主义“带来了收入和财富分配日益不均，工作岗位没有保障和全球变暖等”。文章说，“民主的初衷是让公民以建设性方式解决这些问题。”“民主的意义不仅是在于自由公正的选举。这种制度所要实现的是公民齐心协力推进公益。”“然而没有哪个民主国家有效地控制了资本主义的消极副作用。”

一些人宣扬民主社会主义，认为欧洲某些实行这种主义的国家好得不得了。那么这类国家如何呢？文章说，欧洲“工作没有保障和不平等现象日益加剧，就连为制止市场不公正而建立的社会民主国家也不例外。面对这种变化，欧洲的民主国家表现得麻木不仁。”所谓民主国家，也就是一些人所说的民主社会主义国家吧！

为什么发生了这样的情况呢？作者看到了资本家骗取公民的民主权利的实质，只是作者以为是公民自己把权利“交给”了资本家。而资本家控制这个权利，只是为了相互争权夺利，根本不管广大人民的意见和要求。文章说，“然而我们逐渐把责任（权利）交给了私营部门——公司”，而公司日益激烈地争夺“在与对手的竞争中处于优势地位”，“形成一场争夺政治影响力的竞赛，它淹没了普通公民的声音”。

为什么一个美国的部长能看出了资本主义是扼杀民主的？可能他是劳工部长，接触底层劳动人民多，有良知，敢于面对事实。而我们一些为资本主义民主大唱赞歌的人，却只顾跟着资产阶级的调子歌唱，而不仔细认真地看看资本主义民主究竟是怎么一回事。

西方民主 日薄西山

（2008年）

正当一些人为西方民主大唱赞歌，认为只要实行它，就能为人民带来民主自由幸福，中国应该立即抛弃社会主义民主，采用西方民主的时候，以世界民主领袖自居的美国，却不断发出为西方民主唱悲歌的声音。不久前，美国前劳工部长发表文章，说资本主义扼杀民主，最近又有人惊呼实行西方民主的国家普遍陷入困境。（美国《外交》3–4月号文章）

文章说，“世界陷入了民主倒退。”“全球独立国家中约有60%实行了民主制”，但是“若干关键国家民主已被推翻，民主俱乐部的大多数新成员以及某些老成员都表现糟糕。”

文章非常悲观地认为，“未来十年里，决定民主的命运的将不是在剩余的‘独裁’国家中它能传播多远，而是陷入困境的民主国家的表现。这份名单上将有50多个国家，其中包括大多数拉美和加勒比国家，亚洲8个民主政体中的4个，已转型为民主政体但未加入欧盟的前苏联国家，以及非洲几乎所有的民主国家。”

为什么竟然如此呢？文章说，原来“陷于困境的民主国家几乎普遍受到治理不善的困扰。有些国家似乎深陷于腐败和暴政的模式。”

是什么情况呢？曾被赞美是最能反映民主的西方民主的选举，却是“普通老百姓并不是真正的公民，而是有权有势的地方首脑的附庸。而后者又是更加有权有势的庇护人的附庸。”“如果有竞争性的选举，这种选举就变成血腥的零和斗争”，“政界人士贿赂选举官员，攻击反对派的竞选者，刺杀竞争对手。”

西方民主曾被宣扬为社会带来平等公正，原来却是如文章所说的“权力和地位的极端不平等形成了垂直的依附链条”。而有权有势的特权人物肆意掠夺财富。文章说，在这些国家形成“掠夺型社会”，“精英的行为是无所顾忌和机会主义的”，“人们通过操纵权力和特权，通过从政府窃取、从弱者身上榨取和规避法律来致富。掠夺型社会中的政治人物和机构为了谋取权力和财富，不惜动用一切必要手段，打破任何可能打破的规则。总统利用威胁、拘押、摆样子公审和谋杀等手段平息异议。政府部长首先关心的是自己能敛多少钱，随后才关心政府合同能否给公众带来好处。军官购买武器依据的是他们能把多少回扣据为己有。在这样的社会，警察和罪犯之间的界限模糊。”

这哪里还有什么民主？这说明美国前劳工部长说资本主义扼杀民主完全正确。所谓西方民主，只是少数人攫取特权的幌子。但是幌子终究是幌子，真相还是要暴露出来。这就无怪乎身受其害的这些国家的人民最终要唾弃这种所谓的民主。

实践是检验真理的唯一标准。实践的结果是最有说服力的。西方民主究竟是什么货色，终于越来越明白清楚了。

传媒和人权

信息越来越成为人们生活中不可缺少的东西，像空气和水一样，它对人们的影响也越来越重要。但这种影响可以是有益的，这就能促进人权。也可以是有害的，就会损害人权。人民有权要求信息传播者对促进人权作出贡献，而不应损害人权。传播媒介也有义务这样做。

为了发挥传媒对促进人权的作用，也许有必要分清一些认识上的问题。

传媒常被说作是超然的，但是这不应该被认为可以超然于是非善恶之外。不可能是为传播而传播，正如不可能只是为说话而说话。传播信息的目的利人利己或无害于人，就是正当、有益的。只利己或少数人而不利大多数人的，就是不正当、有害的。由于传媒对人民有着重大影响，它有责任对促进人权发挥它的重要作用，而不允许可以借口超然而传播有害人权的东西。中国有许多广为传诵的尊重人、关怀人的格言，如“先天下之忧而忧，后天下之乐而乐”、“公而忘私”、“己所不欲，勿施于人”、“为人民服务”等，这些已成为了中国传媒努力的目标。

传媒应当享有言论自由的权利，这是不言而喻的。但是言论自由，当然不是愿意说什么就可以说什么，而是有明确的界限。界限就是不能损害他人的权利和公众的利益。联合国《公民权利与政治权利国际公约》规定，言论自由应当“保障国家安全，或公共秩序，或公共卫生，或道德”，禁止“任何鼓吹民族、种族和宗教仇恨的主张”。令人不安的是，在一些国家传媒特别是电视、网上放映许多危害人们身心健康的糟粕。更危险的是公开煽动侵犯一国主权，颠覆别国政府，利用民族宗教分裂一个国家，严重危害世界和平与安全，造成大规模地侵犯人权。因此，不能借口言论自由而对传播的信息不加选择。那种认为选择就妨碍言论自由的看法是有害的，站不住脚的。

传媒每天传播的主要内容是大量的事实。事实的真伪有极大影响，可以使人做出有益的判断，也可以使人做出错误的决定。因此，事实必须真实，应是传媒必须严格遵守的原则。

能否真实反映事实，首先与传播者的目的密切相关。目的正当，利人利己，就敢于面对事实；目的不正当，损人利己，就不能面对事实。其次，要辨明怎么才能反映真实。只见事物的一面，就是片面性，所谓瞎子摸象就是如此。只看事物的一时，静止地对待事物，就是墨守陈规。

只看事物的表面现象，就不可能认清事物真相，所谓人不可貌相。事物的一面、一时和表面现象，虽然也是事实，但并不反映真实的事物。因此不能认为只要是事实，就是真实的，就可以反映和传播。对于一国人权状况的观察和判断，也是如此，必须全面地、从发展的观点和本质上来看待，才是科学的态度。传播的人权状况不真实，许多事实说明，已造成非常严重的恶果。

总之，传媒对人权有着越来越大的影响，这涉及许多应该辨明的问题。这里只是举几个常会遇见的问题。

第三部分

论中美关系

怎样看待中美关系*

李登辉访美后，我国和美国的关系比较紧张。如何正确认识美国，对我们的工作很重要。对此，中央通过文件和领导同志的讲话和报告，已有明确的指示。我想谈谈对中美关系的几点基本看法。

中美矛盾难解难分

中美是一对难解难分的矛盾。难解，因为美国是资本主义国家，并且野心勃勃要独霸世界。我国是社会主义国家，坚持独立自主，建设中国特色社会主义。美国对社会主义视若眼中钉、肉中刺，千方百计想让社会主义的中国随着苏联、东欧垮台。我国则实行“一个中心、两个基本点”，不仅没有垮台，相反，发展迅速，欣欣向荣。

难分，我国是一个有13亿人口的大国，国际地位和影

* 这是1997年9月在湖北召开的黄河台理事会议上的讲话。

响日益提高，我国和美国人民没有直接利害冲突。我国和美国也不是没有交过手，解放战争、朝鲜战争、越南战争，美国知道利害。而且我国是一个十几亿人口的大市场，对美国有很大吸引力。如果美国政府与我国决裂对抗，美国人民并不就会同意。而我国实行以经济建设为中心的路线，坚持和平外交政策，希望有一个有利发展经济的和平国际环境。特别是美国作为我国开放的主要对象之一，在引进资金、技术、经营管理经验，发展进出口贸易等方面对我很重要。因此，我们尽可能与美国搞好关系，不搞对抗。

正由于这样一些因素，中美之间的矛盾既难解，也难分。

美国会怎样反对我们？美国反华势力对我国是亡我之心不死，将不断找茬，对我施加压力，进行抹黑破坏，遏制我国发展。概括来说，从三个方面下手，在政治上、经济上、国际上三管齐下。在国际上，制造“中国威胁论”，败坏我国的形象，孤立我国。在经济上，制造各种借口，利用威胁、制裁等手段，遏制我国经济发展。我想多谈一下在政治上的问题。

在政治上美国对我国主要是一“西化”，二“分化”。“西化”就是大肆鼓吹资产阶级的人权、民主、自由，对我国实行的社会主义人权、民主、自由，污蔑为“专制独裁”。还制造各种谣言，抹黑我国的党、政府和社会。最终是要达到推翻我国社会主义制度，照搬资本主义制度的目的。“分化”就是借口民主自由，制造思想政治混乱，引发社会分裂；支持台湾、西藏、新疆独立，肢解我们国家。甚至主张全国各地区独立，成立联邦，严家其就这样鼓吹。

现在最尖锐的问题是台湾。这个问题要放在美国对我国的战略背景下来看待。美国对于台湾问题的基本政策是反对台湾与大陆统一，把台湾看作是美国的“一艘不沉的航空母舰”。《与台湾关系法》就说明这一点。主张独立的民进党势力扩张，李登辉先是背后支持，后来是公开出面搞独立，如鼓吹加入联合国不计任何名义，后面都有美国，金里奇就公开支持。这次美国允许李登辉访美就是合谋。但是他们错估了形势。访美刚开始，李登辉和美国都兴高采烈，得意忘形，认为得了一大胜利。现在怎样呢？美国不得不一再声明，不改变原来承认一个中国原则。李登辉也一再极力辩解他不搞“台独”。原来外报就有评论，李登辉访美，是喜是忧还很难说。现在外报评论，这场戏演下来，李登辉是大输家。

台湾在我国是主权问题。我国绝不会在这个问题上有丝毫含糊。政策就是和平统一、“一国两制”，不承诺放弃武力。这次我对李登辉访美的反应，就清楚明白地表明我国的不容置疑的立场。美不放手，我不让步，如何解决？唯一办法就是按照中美三个联合公报办。这是和好相处的界限，超过个界限，就会发生冲突。如果真决裂，那后果就很难想象。国外有许多人猜中国会不会动武。为什么不？朝战、越战，打金门，当时我们的情况如何？现在情况又如何？我打导弹后相信了。现在来看，经过这场尖锐斗争，美国知道了事情的利害，不敢公开撕毁三个公报。但也不会轻易认输。对我们来说，只要遵守三个公报，我们也不会和美国决裂。不到最后关头，不轻言决裂。

对于台湾，主动权在我们手上。我们将坚持按照和平统一、“一国两制”的政策，以最小的代价来解决台湾统一。时间对我们有利。随着我国的发展壮大，两岸力量对比将发生极大变化。打开地图一看便知道，无论天时、地利、人和，台湾根本无法比。至于美国，如果现在两岸爆发战争，一般看法，美国未见得敢公开参战。到了将来我国更加壮大，美国更不敢、也无力干涉。因此，台湾的统一，我是很乐观的。

关于中美关系发展的趋向。总的趋向将是摩擦、缓和，再摩擦、再缓和，是循环反复的很长过程。只要美国搞霸权主义，我国实行社会主义并发展壮大，这个斗争就不会停止。至于最后结果，将是我国不断发展壮大，成为发达的社会主义强国，那时美国想搞我们也无本钱了。我相信马克思主义和社会发展规律，资本主义不是人类的理想社会，社会主义必然代替资本主义。

加强对美的宣传

我们必须加强对美的宣传。做好对美的宣传对我国顺利建设社会主义现代化有十分重要的关系。美国在国际上是我国的主要对手，我国的对外工作不能不用很大的力量来对付它。对外宣传也必须着力做好对美的工作。

对美的宣传，既要看到它的重要性，又要看到它的艰巨性。由于社会制度不同，国力的不同，在宣传方面更是力量悬殊。加以西方长期仇视我的宣传，美国人民受到极深的欺骗和迷惑，对我国很不了解，而且有很大误解。为什么美国国会如此嚣张地主张李登辉访美，支持台湾，应该看到这有一定的群众支持。要扭转这种对我不利的局面，最重要的是要让美国人民了解中国。大多数美国人民是客观公正的，只要了解中国的真实情况，他们就不会赞成反华，使那些反华势力失去基础和势头。

怎样才能使美国人民了解中国？着重抓什么？从何入手？孟子见梁惠王，王曰："叟不远千里而来，亦将有利于吾国乎？"孟子曰："王何必曰利，亦有仁义而已矣。"这段话是大家比较熟悉的。孟子说了半天，没有能说服梁惠王采纳他的主张。当时是古代的多极世界，七国争雄，不讲一国的利害，光讲仁义，谁能听得进去？因此孟子四处游说，始终没有得志。现在也是多极世界，每个国家最关心的是本国的利害，要说动这些国家的人民，主要靠晓以利害。对美国人民也一样，也首先要从两国的利害关系着手，说明两国搞好关系，对美国家和人民有很大利益，相反，将有很大不利。中国是希望和美国友好的。李鹏说，中国政府重视中美关系，愿与美国至少保持正常的国家关系。如果两国能发展友好合作，当然更好。但能否做到这一点，完全取决于美国政府的态度。二十多年前尼克松所以来中国，改善中美关系，完全是由于利害关系。尼克松一来就说，他是为美国利益而来。以至近几年来经过许多斗争，终于维持了两国关系，莫不是由于利害关系。

利害关系涉及多方面，主要是政治方面和经济方面。在政治方面，就是常说的，中美关系影响世界和亚太地区的稳定和安全。经济上，中美之间已有几百亿美元的贸易往来。而中国是各国竞争的具有世界第一潜力的大市场。这是直接与美国广大人民的利害密切相关的。因此在晓以利害关系方面，要着重抓经济方面，要说明这方面的利害关系。除了中央和有关方面要注意外，更要靠全国各地方来做。光一般说说关系重要不行。比如，究竟有哪些买卖可做，要比较具体。这就要一地一地的来介绍。从实行开放来说，这也是各地自己的要求，必须要做的。

只讲利也不行，也还要讲“仁义”。美国现在高唱人权、民主，把这作为在政治上、思想上俘虏和控制各国人民特别是发展中国家人民的法宝。美国正在用这一套猛攻我国。我们应该奋起反击。我们要阐明我们实行的是中国特色社会主义的人权和民主。在理论上美国说不出多大道理。它主要是罗列一些个别的、片面的、甚至是虚构捏造的事件，以偏概全，对我抹黑。我们要用中国人民的实际生活状况，说明中国人民不断改善和实际享有人权的事实来加以驳斥。这方面我们不仅要介绍中国人民当前最迫切的人权——要求解决温饱已基本实现，正奔向小康，而且可以具体介绍我国发扬尊老爱幼、扶贫济困等优良传统和推行“扶贫工程”、“希望工程”、“幸福工程”等情况。这些生动具体的情况会很吸引人，并且有说服力。

关于民主，民主的实质是能真正按照大多数人民的要求和利益行事。无论说得多么民主，形式上表现得多么民主，实际上是按照少数人的要求和利益办，这不是民主，是假民主。中国所以政治稳定，经济发展，欣欣向荣，人民生活不断改善，正是政府真正按照人民的要求和利益行事，因此人民拥护政府，有巨大的积极性和主动性，齐心协力，奋发进取。美国要中国实行它的所谓民主，实际是要有反社会主义、颠覆人民政府的自由。

对于美国高唱的人权和民主，最近《参考消息》(1997年9月6日）刊登的马哈蒂尔和李光耀的两篇讲话很有意思。马哈蒂尔说，人权公约是西方的发明。我们当时没有可能参与确定它的内容，它是强加于我们的。某些方面确实应当重新考虑。李光耀说:“美国传媒挑出新加坡来批评，把我们批评为独裁专制，过度管制和过度限制的沉闷和枯燥乏味的社会。为什么呢？因为我们不遵守他们的想法来管理我们自己。但是我们经不起让别人用我们的生命来做试验。”“他们的理论都未得到证实，没有在东亚经过证实，甚至也没有在他们统治了五十年的菲律宾得到证实。这样的理论也还未在台湾、泰国或韩国受到证实。”“那些认为我们只有放弃我们的做法和制度才能繁荣进步的美国传媒的应声虫，我们一定要揭开他们的真面目。那些向我们灌输这种言论的人是西方媒体和他们的人权组织的傀儡。”

在政治方面还有一个值得注意的问题。目前美国等西方国家对我国的政治局势散布不稳定空气，认为邓小平之后的权力过渡时期，可能发生动荡，五年之内会发生变化。有的甚至说中国会分裂。当然也有不同意这些看法的，认为中国将继续执行现有的政策，不断发展。武汉的同志就说，和外商交谈中，外商就关心这一问题。因此，我们要以北京和各地的事实，说明中国人民拥护现在的政策，全国上下紧密团结，社会安定，各项事业兴旺发达。各地的对外宣传的重点是经济，但不应该是孤立的，对与经济密切相关的政治问题要重视。这方面的宣传与对外经贸密切相关。

与美人权斗争的实质

对于人权，由于各国情况不同，在认识上和实践上有不同，这是很正常的。但美国等西方一些国家与中国在人权上的斗争，却不只是认识和实践上不同的问题，而主要是政治斗争。

在“文化大革命”时期不用说，在八十年代实行改革开放初期，我国的人权状况不如九十年代。但是无论“文化大革命”时期也好，八十年代也好，美国等并没有像现在这样攻击中国，那时或者还美言几句。随着改革开放的发展，中国的人权状况一年比一年好，而美国等却越来越气势汹汹，又是谴责，又是威胁。为什么？根本原因是在七八十年代，美国等出于两霸相争，要利用中国。同时，他们一厢情愿，认为中国的改革开放，是走向资本主义，有为社会主义国家演变起带头羊的作用。因此，这时就没有什么人权问题了。而在苏联、东欧垮台后，美国等错估形势，以为剩下的坚持走社会主义道路的中国，也将摇摇欲坠，随之倒台。于是人权就成为借口，猛烈攻击，妄图促使中国崩溃。他们对中国实施制裁，要挟停止贸易最惠国待遇，还七次在联合国人权委员会提出谴责中国的提案，但都遭到失败。中国不仅没有倒台，反而一天比一天强大。这是美国等完全没有料到的。

事实说明，美国等高唱人权是假，搞霸权主义是真。美国和中国的所谓人权斗争，实质是霸权主义与反霸权主义的斗争。

就美国人权报告答外国记者问*

欢迎来采访。我们欢迎人家能听取我们的意见，而不是封锁我们。

关于美国国务院的《国别人权报告》，你已看了我和一些学者举行座谈的报道，已知道我们的评论。虽然报道只是简要的，但基本的意思是清楚的。总的来说，报告的写法和过去有所不同，就是也讲中国有进步，但只是为了装作公道。是改进包装。这里只举一个简单的例子。报告对中国的法制是攻击得最厉害的。报告说，“1997年，中国在法制改革方面取得进展”。这似乎是赞扬了中国的进步。但是报告紧接着说，“但是当局认为维护公共秩序和压制政治异己比实施法律标准更重要，所以司法系统还是拒绝给予被告基本法律保护及合法诉讼程序。”这样说来，法制改革的进展又有什么意义呢？相反，这只是进一步攻击

* 这是1998年3月答记者问。

中国的完善法制努力完全是骗人的。这能让人感到美国的报告比过去公正吗?

不客气地说,这使我想起"文化大革命"的大字报。事实真假是无所谓的,怎样写都可以,目的只有一个,就是把被贴大字报的人搞倒搞臭。同时,显得贴大字报的人最革命,最正确。美国的人权报告是在世界的墙上贴中国的大字报。

美国总认为比中国人民还了解中国,比中国人民还重视中国人民的利益,是中国人民利益的代表,中国人民应该对美国感恩戴德。美国把中国的共产党和政府描写得十分可怕。你看,喜欢杀人,所谓杀人不眨眼。还把杀了人的器官来卖钱,只差如中国旧小说讲的,拿来当酒菜了,真是恶魔一般。中国人民是这样看,这样想的吗?如果真是那样,中国人民肯定是处于水深火热之中,民怨沸腾,迫切希望起来造反,推翻现在的政权和社会制度。我认为,中国人民的想法恰恰相反。如果中国之有今天,是由于有了这样的政府和社会制度,那么,中国人民宁可有这样的政府和制度。而中国人民是怎样看待美国的呢?中国人民希望美国是个朋友,但是它总是和中国人民站在对立面。远的不说,美国帮着国民党政府反对人民、打内战,这是许多人还记得的。国民党政府被打倒,残余逃到台湾,美国又是送枪送炮,爱护有加。美国还把一小撮反对中国广大人民能过现代生活的人,视作宝贝,呵护备至。中国人民能承认和感谢这样的朋友吗?

我很怀疑，为美国决策的大人先生们，他们是否真正了解他们的决策带来的效果。是越来越得到中国和其他国家的拥护，还是越来越受到反对？美国的人权报告就是一个很好的测验。

中国实行中国特色社会主义，这是从根本上解决人民的人权问题。中国人权状况所以比之旧中国有天翻地覆的改善，就是执行根据这一理论制定的方针政策的结果。中国第九届全国人民代表大会即将举行，这次大会将制定跨世纪的发展方针和规划。这将为中国人民带来新的成就，可以说，这也就是进一步促进中国人权的部署。

美对中国人权是一叶障目不见泰山
——答中国新闻社记者问*

中国新闻社记者问：美国国务院今年又发表《国别人权报告》，其中指责中国人权状况更加恶化了。美国并决定要在最近召开的联合国人权委员会上提出反对中国的提案。你对中国的人权状况有何看法？

答：中国的人权状况如何，还是尊重事实。我只举一点。中国刚完成第九个五年计划。五年来，国内生产总值年平均增长8.3%，2000年是89404元，比上一年增长8%。中国经济总量在1997年即位居世界第七位。五年来，城镇居民人均可支配收入平均增长5.7%，2000年达到6280元，比上年增长6.4%。农村居民人均纯收入年增长4.7%，2000年为2253元，比上年增长2.1%。全国人民生活总体上已达到小康水平。这说明中国国力越来越增强，人民生活越来越改善。人权状况当然也随

* 这是2001年5月答中国新闻社记者问。

之改进。可以列举如生活质量、生命健康、文化教育水平、妇女儿童权利保障、民族地区发展等等提高和加速的事实。国强民富，怎么人权状况反而越来越糟了？

对一个国家人权状况的观察和评论，不能只看枝节，而要从全局来看，是进步了，还是倒退了。美国对中国的指责，只是罗列许多个别事实，其中许多还是虚假的。以此证明中国的人权状况年年恶化，这是采取攻其一点、不及其余的手法。这是极不公正的。

任何一个国家的人权状况都不能说是完美的，中国也一样，还有这样那样的问题。问题在是否认真对待并不断改善。我认为，中国最近召开的全国人民代表大会对第九个五年计划时期国民经济和社会发展的回顾，也是对过去五年来人权状况的回顾，大会决定的第十个五年发展计划纲要，也是今后进一步促进人权的蓝图。对于人权方面存在的问题，中国是严肃认真对待的，中国的人权发展是一年比一年好。

中国有句成语，“一叶障目，不见泰山”。美国想把美国的人权报告当作一片叶子，遮住世界人民的眼睛，看不到中国人权的真实状况，这是徒劳的。美国已在联合国人权委员会上试过九次，都以失败而告终。今年等待它的将是第十次失败。

问：西方有一种说法，中国是靠牺牲人民的民主权利而取得经济发展的。你对此有何看法？

答：中国经济长期持续快速发展，人民生活不断显著改善，这是有目共睹无法否认的事实。但是西方又硬说中国是“专制”国家。如何解释这两者水火不相容的事呢？于是就有了你所说的那种说法。其实还有另一种说法，就是美国人权报告中所说的，中国“专制政权”“主要依赖于对13亿人口生活水平持续提高的能力”。这两种说法可说是异曲同工。可惜这两种说法都没有说明，怎么剥夺人民民主权利就能使经济持续快速发展？“专制”怎么就有了可以使13亿人口的生活水平不断提高的能力？世界古今中外还没有哪一个国家越是不民主而经济越发展、人民生活越改善的。

政治民主和经济发展是密切相关的。邓小平说，“没有民主，就没有社会主义，就没有社会主义现代化”。中国经济所以能长期持续快速发展，人民生活水平能不断提高，是由于实行的不是资产阶级民主，而是社会主义民主。而西方一些国家硬是把社会主义民主说作“专制”，于是只能得出不民主可以使经济持续发展，人民生活不断提高的有悖常理的说法。

民主不是形式的，总是与人民的要求联系在一起的。人民要求有民主权利，是为了能当家作主，实现自己的要求。能遵循和实现人民的要求才是民主；只是形式民主，不实行人民的要求，就不是民主。当家作主后的中国人民最迫切的愿望是免除饥寒，丰衣足食，民富国强。中国据此制定了以经济建设为中心的路线、方针、政策，中国人民对于实行按照自己要求制定的路线、方针、政策，当然有无比的积极性、主动性。这是中国经济长期持续快速发展和人民生活不断改善的根本原因。

问：西方舆论常说，中国只进行经济体制改革，不进行政治体制改革。你的看法如何？

答：这不是事实。中国在进行经济体制改革的同时进行政治体制改革，两者相辅相成。但是中国实行的政治体制改革与西方要求的改革不同。西方要求的改革是照搬西方的民主制度，如多党竞选、实行两院制等。中国没有这样改革，于是西方就说中国不进行政治体制改革。

中国最根本的改革是基本路线的改革。也就是从“文化大革命”时期的以阶级斗争为纲，改为坚持以经济建设为中心，实行改革开放。随着这个路线的改革，中国的政治体制也必然要随之改革。人民代表大会、共产党领导的多党合作和政治协商会议、民族区域自治是中国的根本制度，政治体制改革就是要不断完善这些制度。从最近召开的全国人民代表大会和全国政治协商会议上可看出已有的重大改革和将有的改革。

西方一些舆论总将中国存在的一些问题归之于没有进行西方要求那样的政治体制改革，但是中国今天的蓬勃发展不就是在这些年来的政治体制中实现的吗？一个国家采取哪种政治体制和如何改革，必须符合本国的实际，才有利于发展。实践证明，中国的政治体制改革促进了经济和社会的发展，是正确的、成功的。当然问题还有，政治体制改革还有待深化，但应该沿着已证明正确的路子继续走下去，而不是另觅其他道路。

人权与最惠国待遇

（1999年）

很奇怪，为什么美国一定要把人权问题和最惠国待遇联系在一起？究竟美国的战略利益是什么？和中国关系友好还是对立对美国更有利？

也许美国一些人错误估计，以为中国离不开和美国做买卖，否则就活不下去，因此可以任意要挟，提出各种无理条件。这是完全不了解中国。新中国建立后，西方国家对中国全面封锁，后来苏联也进行封锁。中国不是一样过来了吗？现在中国无论国内情况，还是国际情况，都和过去大不相同。不可能再有西方国家的全面封锁，俄罗斯、独联体国家更不会封锁中国，怎么倒受不了美国的要挟呢？

中国人民有自己的尊严，绝不会屈服于外国的无理要求。中国有一句成语，它反映了中国人民传统的民族精神，叫作“不吃嗟来之食”。这是说，二千多年前，有一个国家发生饥荒。一个有钱人施舍食物。他对挨饿的人很不礼貌地叫道，喂，来吃吧。饥饿的人拒绝了，说，宁可饿死，也不吃你这样施舍的东西。现在中国人民不仅站起来了，而且一天天生活好起来，会接受任何屈辱的对待吗？

中国和美国隔着太平洋，相距十万八千里，没有直接利害冲突。中国从未做任何损害美国利益的事，为什么美国老要干涉中国？许多人认为，美国不愿中国富强。一个兴旺发达的中国对美国和世界有利，还是混乱衰败的中国对美国和世界有利？

总之，美国一天不改变动不动就把美国的人权条件和最惠国待遇联系起来的做法，中美两国的关系就不可能改善。如果美国竟然取消对中国的最惠国待遇，那对中国固然不利，对美国恐怕也不比中国好一些，从长远来看，可能更加不利。对于世界来说，无论是目前还是长远，都不是福音。

“丢掉幻想，准备斗争”

（1997 年）

这是联合国人权委员会上美国和欧洲一些国家第七次对中国提出谴责案，也是第七次以失败而告终。

这个结果是意料之中的，但不是我们希望的。我们的希望是不发生这一次的对抗。

中国在一心一意进行建设，愿意和所有国家友好往来，交流合作，希望有一个和和平平的建设自己国家的好环境。中国现在一派兴旺发达景象，人民生活巨大改善，在享有人权方面取得了伟大成就。这不仅是中国人民之福，对世界和平发展也是巨大贡献。但是中国越是蓬勃发展，一些国家越要找茬。似乎中国永远贫穷落后，分崩离析，他们才称心如意。真是那样，当然是中国人民又遭浩劫，难道对这些国家就有利吗？

中国除了建设自己的国家外，没有做任何有损其他国家的事，为什么就是对中国过不去呢？好在公道自在人心。美国等国家的提案一而再，再而三，以至再而七地失败了。这说明，不仅大多数的国家站在中国一边，连一些曾和美国站在一起的国家也纷纷离去。美国等国眼看是更加不得人心，更加可悲地孤立了。

在这场对抗如此结束的时候，我们最大希望仍是从此不要再发生这样的事情。但是中国有句话，“不到黄河不死心”。这句话看来只对一般人适用，而对于某些人是不适用的。他们是到了黄河也不死心，非得一头栽到河里，被滚滚波涛吞没才算完。

这使人不由得想起毛主席评美国国务卿艾奇逊白皮书的文章。1949年，美国支持的国民党反动派的失败和中国人民的胜利已成定局，艾奇逊的白皮书不得不表示美国已毫无挽救办法。按照一般好心人的想法，美国会就此“放下屠刀”，“强盗收心”。但是却不然，它已靠不上国民党反动派，却仍想依靠所谓“民主个人主义”者，与中国人民为敌。于是毛主席写下了如下千古名言：“捣乱，失败，再捣乱，再失败，直至灭亡。——这就是帝国主义和世界上一切反动派对待人民事业的逻辑，他们决不会违背这个逻辑的。”

历史和现实已证明了这个逻辑，将来还要证明这个逻辑。

显然，斗争不会完结。既然已经有了第七次，就会有第八次，第九次，第十次……。

因此，尽管我们仍抱希望，但是还是按照毛主席评艾奇逊白皮书的话：

“丢掉幻想，准备斗争。”

美国人权报告的荒谬

（2002年3月）

美国国务院又发表了指责中国人权状况的报告，年年都是那一套，照例是把中国描述为毫无人权、十分可怕的国家。

报告罗列了许多所谓侵犯人权的事实，其造谣诽谤的拙劣，到了十分荒谬的程度。只举一例。

报告煞有其事地说，“据西方记者的可靠报道，山东潍坊市的干部平均每个月要负责打死一名‘法轮功’练习者。”

这个市有多少干部？一人一月要打死一名“法轮功”练习者，那一年要打死多少人！

报告居然把这种十分幼稚可笑的造谣也不惜罗列上，这只能说明，为了诽谤中伤中国到了何种不择手段的地步。

是救命还是侵犯人权

（2001年5月）

有人要投河，众人呼喊劝阻，他就是不回头，人们不得不把他拉上岸。另有人在一旁指责说，人有行动的自由，阻止别人投河是妨碍自由，侵犯人权。这种荒谬的事，按照常理，是绝不会发生的。但事实竟然不尽如此。

中国的邪教组织“法轮功”已害死了1600多人，中国政府依法取缔了这个邪教组织，并进行耐心细致的开导和劝说，使绝大多数被蛊惑者醒悟过来，脱离了它的控制。但是还有一些人执迷不悟，不得不强把他们从死亡边缘拉回来。这原本是合乎天理人情的事。但美国国务院的《国别人权报告》不仅蓄意不提“法轮功”害死1600多人的事实，而且还指责抢救在天安门广场集体自焚的五个“法轮功”痴迷者是反对信仰自由、侵犯人权。

不过，美国把救命指责为侵犯人权，也只对着别国。1993年美国曾动用大批军警，长期围困邪教组织“大卫教”的据点，最后出动飞机坦克大炮，大举进攻，邪教头子和被裹胁者全部葬身火海。对此，美国当局就从未认为这是什么反对信仰自由、侵犯人权。

那么，应该如何看待美国国务院的荒谬指责呢？似乎不可理喻，其实也不难解。问题在于救的是谁，侵犯的又是什么人的权。对于一心想搞垮中国的人来说，“法轮功”邪教组织越发展越好，自杀被杀者越多越好，中国因而大乱，这才遂了他们的愿。而取缔“法轮功”组织，挽救痴迷者，这是救了中国，“侵犯”了邪教组织搞乱中国的权利。

对中国人民来说，恶毒诅咒也好，百般指责也好，不值得理会。被邪教戕害的是男是女，是老是小，都是我们的骨肉同胞。对于害人性命、祸国殃民的“法轮功”邪教组织必须坚决取缔。否则，听任邪教组织蛊惑人心，眼看着人们被杀自杀而见死不救，那才是最无人性、最不人道。

中国历史上曾有过不同名号的邪教组织，它们虽然一时蛊惑了一些人，但最终都因伤天害理、祸国殃民而被人民唾弃。“法轮功”也难逃同样的下场。救命同侵犯人权是截然不同的两回事，岂能混为一谈。某些人对残害人民的“法轮功”邪教组织大肆吹捧，这只能暴露他们搞乱中国的险恶用心。

为什么美国老是辱没自己

美国是一个伟大的国家，不知为什么老是辱没自己。

最近美国以五枚制导导弹袭击了中国驻南使馆，但是不肯像中国人常说的，好汉做事好汉当，拍拍胸脯说，自己为什么就是要炸你，却躲躲闪闪地说什么是误炸。而为什么竟然误炸？是因为用了一张旧地图。为什么竟然用旧地图？按一种说法，是因为军费太少。这些说法实在叫人笑掉大牙。像这种没有钱买新地图，却借此指挥战争的事，能发生在什么国家、什么中央军事指挥机关呢？一意要做世界统治者的美国，怎么竟然出了错用旧地图这样的事呢？美国当然决不会按照人权高于主权的原则，让中国人自己到美国去调查，那么尽管全世界都不相信美国的这种辩解，也无可奈何。但是美国对袭击中国驻南使馆找到这么一个旷古未有的理由，这不是太辱没了世界最富有、军事力量最强大、科技最精尖、办事最有效率的美国了吗！

这种旧地图的故事却不是绝无仅有，还有异曲同工的事。且引我驻美大使李肇星在美国广播公司接受全国性电视台采访时节目主持人说的一段话。有“铁嘴”之称的节目主持人拉塞特说：“这不是影响中美关系的唯一事件(这是污蔑中国人民抗议美国袭击我驻南使馆的正义行动是中国政府煽动起来的。这是对中国人民的极大侮辱，似乎中国人民应该麻木不仁到即使杀了中国人也是无动于衷)。再让我引述几句民主党筹款人钟育瀚宣誓后说的证词。他说这是中国军方情报首脑说的话：我们喜欢你们的总统，我们给你三十万美元，你可以把它送给民主党的总统，我们希望他当选。法庭调查已有结论：‘中国试图用非法捐赠，影响美国民主政治的进程。’”

美国为了把中国描绘成邪恶的妖魔，编造了各种天方夜谭式的故事，其中之一就是非法捐款。这件事在美国已闹了很久，但就是拿不出什么真凭实据。现在美国在不顾国际关系准则，袭击中国驻南使馆而理屈词穷的情况下，非但不说袭击的事，反而倒打一耙，又搬出所谓非法捐款的故事，似乎中国欺负了美国，这不是一种泼皮撒赖术吗？且不说这一点。现在美国总算举出了中国非法捐赠的所谓事实了。那是怎么回事呢？原来中国要给美国总统三十万美元，让他当上总统，影响美国民主政治。这真是又叫人笑掉了大牙。

美国是如此有钱，按说竞选总统至少要有二千万美元的本钱，整个选举要花多少个亿美元。那么，美国的总统也好，民主党也好，以至美国最吹嘘的民主政治也好，怎么花三十万美元就可以买动了呢？这不是美国的总统、美国的民主政治的身价太便宜了吗？中国人一般不熟悉基督教的故事，但是犹大只要三十个银币就出卖了耶稣，这个故事还是知道的。近二千年前的三十银币算起来，可能比现在的三十万美元还值钱些。那样说来，不是收买一个美国总统，以至美国的民主政治，不用收买犹大的三十个银币就可以了吗？至于说中国只出了三十万美元，这不是把美国总统、美国的民主政治也看得太不值钱了吗？如果中国认为美国是“有钱能使鬼推磨”的国家，那么中国再穷，也不至于只出三十万美元吧！

美国的一些大人先生们会编故事，应该编得圆一些，如果粗制滥造，使人笑话不说，人们难免奇怪，为什么美国人总是要辱没自己伟大的美国呢！

美国主张人权高于主权吗?

美国高唱人权高于主权，这是真的吗？有真有假。对别国是真，对自己是假。对别国是真，这是我可以以人权为名，侵犯你的主权。对自己是假，这是无论什么人权公约，都管不着美国。

对美国来说，主权高于一切。按照美国的规定，国际公约不能与美国法律相违反。国际公约管不了美国的州。美国即使批准了公约，但未宣布自行生效，仍不执行。

美国新闻署的昏招

（1996 年）

忽然，美国新闻署在 1996 年 5 月 20 日发表了一篇美国人权政策的背景材料。为什么？看来不是无缘无故的。

最近，美国的人权政策越来越遭到世界许多国家特别是发展中国家的不满和反对。美国一年一度发表的《国别人权报告》，对世界 190 多个国家都指指点点、说三道四，犯了众怒。在最近联合国人权委员会上，美国策动一些国家对中国发起攻击，志在必得地想通过谴责中国的决议。不想，又第六次遭到惨败。而引起人们更加不平的是，美国自己的人权记录实在糟糕。自己不检点，却到处指责别人，太霸道了。在千夫所指之下，不能不使美国感到十分狼狈。这是美国不得不出来发表这么一个材料进行辩解一番的原因。

这个材料虽然只有千把字，却真还说明一些问题。最有意思的是，因为自己无理，而又急于为自己辩护，于是逻辑混乱，语无伦次，结果是欲盖弥彰。

美新署首先试图为美国每年发表人权报告引起普遍不满而缓解一下。它说，“发表这些报告，旨在使世界舆论关心世界各地侵犯人权的状况”，“但应当承认，使人权状况得以改善的手段，必须因各国目前的情况而异”。美国终于不得不承认，各国人权状况的改善，不能按照某个国家的模式，而必须根据各国的实际情况而定。然而，美国仍要当它的“人权教主”。它说，“由于人权是美国对外政策的组成部分，因此，美国采取外交主动行动，以及在适当时候，在贸易和援助方面采取措施，促进在特定情况下某些国家的人权”。这就是说，一切还是要按美国的意志办。否则，就要封锁制裁你。

由于美国糟糕的人权情况彰明昭著、众所周知，美新署特别用很多篇幅为自己辩解。它不得不承认，“虽然美国通过的宪法条文中体现了基本人权，但是美国在其大部分历史上，尚未能确保其公民中的许多人——尤其是非洲裔美国人、土著美国人和所有的妇女——的基本人权。”这里所说的不能确保基本人权的许多美国人尤其是非洲人、印地安人，还有所有的妇女，这不能不说，违反人权状况是够严重的。自己能承认这种可怕的现实，对于一个自认为“人权教主”的美国来说，确属难能可贵。

但是美新署马上为美国开脱说，“没有哪一种形式的社会能够自己确保人权的基本原则得到充分遵守，不论民主国家或其他形式的政府，都有违反人权原则的现象。”

"美国现在仍在努力使其民主——现在已有200多年的历史——更严格地遵守宪法规定的人权和公民权。但是它也知道，要使人权状况得到真正的和持久的改善是多么艰难。"

这就不能不令人奇怪，既然有200多年民主历史、自认为"人权教主"的美国，也不能确保公民中的许多人的基本人权，而且认为要使人权得到改善多么艰难，那么为什么其他许多不如美国"已有200多年"民主历史的国家，就必须确保人人都享有基本人权？否则，为什么美国就要在外交上和贸易上而且甚至在军事上"采取措施"呢？既然美国认为，"采取措施"就能使其他国家人民改善人权状况，为什么"其大部分历史上尚未能确保其公民中许多人的基本人权"的美国，至今自己不"采取措施"而使糟糕的人权状况有基本改变呢？

美新署发表的美国人权政策背景材料，不仅没有能为自己辩白，而且暴露了美国在人权政策上的完全不同的双重标准。这更证明美国的无理和霸道。

事与愿违，美新署为美政府帮了倒忙。昏招！

美国两个希望泡汤

（2007年6月）

美国《华盛顿邮报》2007年5月20日发表文章，说“美国在全球丧失影响力和受欢迎程度”，而“中国却在这两个方面都有收获”。“美国的模式蒙尘”，而“中国模式赢得了新的光芒”。

文章说，这首先表现在“美国外交政策的失败”。“美国利用军队出口自由市场和政治自由的企图，不仅没有给伊拉克带来安全和繁荣，它还破坏了我们的主张和全球的影响力”。

文章没有解释为什么美国会失败。其实，道理并不复杂。根源是美国实行的政策是打着出口“政治自由”的幌子，而搞强制其他国家要一切听命于它的霸权主义。它的这种“德政”当然要受到被出口国的反抗并遭到失败，希望必然泡汤。中国受到欢迎，“中国模式赢得新的光芒”，道理也容易理解。中国不附带政治条件对非洲的支援，的确给非洲人民带来利益。

文章说的另一个美国希望泡汤是，希望中国经济繁荣产生中产阶级，而这个中产阶级就会起来造反，使中国共产党垮台，社会主义演变为资本主义。文章说，过去十年，西方一些国家的领导人“经常描述一个有关中国将不可避免地走向自由民主的令人宽慰的景象”。“乐观主义者认为，一旦一个国家变得更加富裕，该国新兴的中产阶级必将要求进行民主改革”。文章说，但是这个“希望与预测泡了汤”。

为什么竟然泡了汤？文章也没有解释。但是文章看到了一点，中国的“中产阶级支持或至少不反对目前的政治秩序；不管怎样，正是这一秩序才使他们成了中产阶级”。是啊！道理也并不复杂。为什么这些生活得到大大改善的“中产阶级”，要反对让他们有今天的“政治秩序”呢？

西方的一些大人先生完全不懂得，中国富裕起来的人民，他们所谓的“中产阶级”，完全不是“西方模式”下产生的中产阶级。中国的经济繁荣是实行“中国模式”——中国特色社会主义而产生的。已经富裕起来的人们——“中产阶级”，也就是由这一模式而诞生的，他们与这一模式有割不断的血缘关系。希望这些富裕起来的人们，会反对产生他们的中国特色社会主义，不就像一个人认为，他的敌手的孩子一旦长大，就一定会像他的孩子一样，和他站在一起，反对生养他的亲人？

两个希望都泡汤了，但是没有迹象表明美国抱这种希望的大人先生们会就此善罢甘休。中国有句俗话，“不到黄河不死心。”其实，有不少人是到了黄河也不死心的，非跳入黄河不行。中国还有句话，“回头是岸”，但是这些秉性难移的大人先生们看来不仅不会就此止步，也不会回头，是非没顶不罢休。

第四部分

论对外宣传

对外宣传的重建和发展

（2007年12月）

我国的对外宣传是在党决定实行改革开放后得以重建和发展的。没有改革开放，不会有今天的对外宣传。在重建和发展过程中，有许多问题和困难、经验和教训值得回顾。

首先，关于对外宣传的认识问题。经过“文化大革命”，原有的薄弱的对外宣传已被彻底破坏，有一点儿的宣传，也就是推销无产阶级专政下继续革命的一套。从事对外宣传还很可能落下出乎意料的“丧失立场”、甚至“里通外国”等的罪名。这造成害怕接触对外宣传，把外宣看得非常危险和困难的恶果。克服这种怕外宣的倾向还是不简单的。比如，当时以至结束“文化大革命”以后一段时间出国访问，差不多都有一条，不见记者，不开记者招待会。

但是最主要的是对外宣传究竟对我国的建设和发展有什么重要性的认识问题。党的十一届三中全会后中央就提出，对外宣传具有战略意义。这就是说，它涉及国家的大局。中国要建设中国特色社会主义，不向世界开放，不参加到国际社会中去，这是不可能的；而要开放，又不对外宣传，这是不可思议的事。对外宣传可说是对外开放必不可少的开路先锋。

近30年的实践，应该说，大大提高了大家对外宣的认识。一方面，是正面的。通过对外宣传，世界更加了解中国，中国也更加了解世界，人来人往，门庭若市，中国越来越开放，整个国家面貌日新月异，国际地位和影响越来越高和越大。另一方面，是反面的。中国越发展，影响越大，由于国情不同，过去接触少，相互不了解，一些国家对我国会发生一些误解，而西方反华势力对中国的造谣污蔑，歪曲抹黑越厉害，一时说中国要垮台，一时叫中国是威胁，纷至沓来。这就迫使我们不得不加强沟通对话，澄清批驳。中国的对外宣传这些年来可以说就是在这正反两方面的实践中成长发展起来的。

今后，我国将更加开放，更加深入地参加到国际社会中去，将不断发生新情况、新问题、新挑战。我国与其他国家，特别是西方国家，价值观不同，社会制度不同，历史文化传统不同，这种种不同必然会继续不断产生种种新的误解、矛盾和斗争。这是我国特有的情况。因此，对外宣传今后不仅不能放松削弱，而是相反，会越来越显示它的重要。

经过“文化大革命”，原来就很薄弱的外宣队伍也被解散消失了。要对外宣传，没有一支人马，一切都是空的。但是，必须有一支专门的外宣队伍，这一认识也不是一时就完全解决的。

宣传无论是对内或对外，最重要的是要认清对象。毛主席说："共产党员如果真想做宣传，就要看对象，就要想一想自己的文章、演说、谈话、写字是给什么人看的，给什么人听的。否则就等于下决心不要人看，不要人听。"(《反对党八股》) 对内对外宣传的对象是很不同的。不仅语言不同，思想认识、风俗习惯、面对的实际等等都不同。但是不仅过去由于长期受到封锁，对外不了解，在"文化大革命"时期，更是习惯强加于人的"我说你通"，总"以己之心度人之腹"，以为别人想的和自己差不多。因此认为，有了对内宣传的一套，也就大体可以对付对外，不必要另搞一个队伍。

中央决定实行改革开放后，即认为必须加强对外宣传，在1980年成立了中央对外宣传小组，省一级也都成立了对外宣传小组。这对建立外宣队伍是十分重要的一步。但那时还不是独立的机构，而且在"六四"风波前，中央外宣小组在机构改革中曾一度被取消。"六四"风波时，国际反华势力对我国的污蔑攻击，可说是"黑云压城城欲摧"。这充分暴露了我国对外宣传的薄弱和迫切需要大大加强的重要性。因此，"六四"风波后，中央决定重建中央对外宣传小组，并且成为中央的一个独立机构。这为建立一支强有力的外宣队伍迈出了关键性的一步。

改革开放是全党全国的大事，涉及政治、经济、文化、社会等各方面，不仅中央要开放，全国各地方也要开放。只有这样，才能真正实现开放。因此，不仅中央应有专门从事外宣的队伍，各部门，特别是直接与对外有关的单位，以及各地方，特别是对外关系多的省市，也必须有从事外宣的人员。甚至国内广大的群众，也要包括到外宣队伍中来。他们的一举一动，对来中国的外国人都会有影响。对他们要进行对外知识教育，使他们客观上成为对外宣传一员。

建立外宣队伍，受我国主客观方面条件的限制，充分利用可能的外力，来弥补我们的不足，这会起到很好的作用。如调动海外华侨、华人以及对我友好人士的积极性，成为我们外宣的辅助力量。通过做好“送上门来”的宣传对象，如对外国驻华记者、来华工作的专家以及工商业人士等的宣传，让他们正确了解中国。他们对外介绍中国时，了解外国人对中国的兴趣和问题，讲话更有说服力。这是我们宣传的间接借助力量。

对外宣传的一切努力，最后集中到一点，是否能达到宣传的目的。关键是知己知彼，知己是知道自己最需要人家了解自己什么，有什么可吸引人家来达到自己的目的。知彼是知道人家对我们最感兴趣和关切的是什么，有什么问题。刚开放，在宣传上可说既不知己，也不知彼，只是笼统地要对外介绍我国。结果是所宣传的似乎适合一切人，实际是对谁都不适合。典型的反映是，“你们要说的都说了，我们想知道的你们却没有说”。能及时地了解自己更了解对方，这是做好对外宣传的首要条件。

没有调查没有发言权，对宣传来说，这是金口玉言。宣传必须“有的放矢”。为了认清这个“的”，必须加强调查研究。“的”不清，就一切谈不上。但是只是认清了“的”，还不行，还必须“放矢中的”，不中“的”，一切还都是空的。要真能中“的”，就必须在知己知彼的基础上，对我们最需要人家了解的问题，或者人家最感兴趣和关切的问题，加以深刻的研究，提出最有力的宣传计划和最有信服力的论述，而不是泛泛地对付一番和谈论一通。

如何领导对外宣传也是有关宣传成败的问题。对外宣传是有关实现总路线、总任务的全局性问题，是涉及各部门、各地方的全国性问题，因此党和政府必须抓对外宣传。要把外宣作为对外开放的不可分割的一部分，在规划对外开放时，必须把对外宣传纳入规划中去。对外宣传不仅政治性、政策性强，还是费力费钱的事，因此不仅要加强政治领导，还要投入必要的人力和财力。

必须有一个协助中央领导全国外宣的机构。中央在1980年成立中央对外宣传小组时，以及在1990年建立完全独立的中央对外宣传小组，即明确小组的任务是统一管理全国对外宣传。小组要研究制定外宣战略、方针、政策，提出对重大问题和突发事件的外宣对策，制定外宣事业发展规划，指导和协调各部门的对外宣传等。

根据外宣小组的任务，既要处理日常发生的重大问题，又要管理全局的战略策略、方针政策，既要帮助中央领导中央外宣部门，又要组织协调各部门、各地方的对外宣传，这就容易发生只顾了眼下发生的问题，而忽略了照顾全局。这就是常说的应该防止“管了脚下、丢了天下”的问题。

对外宣传如何避免被动，争取主动，这是领导外宣的一个大问题。无论什么问题不能被人家牵着鼻子走，而要一切按自己的主意对待。如常常涉及的有关民主、自由、人权等问题，我们的立场、观点和西方国家有本质的不同。在对待这类问题时，我们决不能随着人家的一套转，结果使自己陷于被动。涉及对外宣传的问题很多，不断发生。我们也不能总是围着人家提出的问题转，而应该尽力把大家的注意力集中到我们要大家了解的问题上。

是被动防御，还是主动进攻，这常常是外宣成败的重要问题。人们总是容易先入为主，要改变就比较费力。这在发生突发重大事件时，这一问题尤其显出其重要性。过去由于主客观条件的限制，我们对许多问题常常采取后发制人。现在，国内外的情况已很不同，再一般采取后发制人的办法，那就不行了。我们必须在政治上更加敏锐，想得更远些、更深些，未雨绸缪，力争先声夺人，不使有可乘之机。

这里只是举例提出在重建和发展外宣工作过程中遇到的一些问题。如何加强对外宣传，仍然是我们当前迫切的任务。

对于十七大后对外宣传的一些想法

（2007年12月）

我国现在对外宣传面对的大问题，仍然是一般外国人不了解中国。前不久《参考消息》登了一篇反映一对60多岁的荷兰夫妇最近访问中国后的观感。他们说，“去前，我们想象中的中国是一个老式的国家。人民生活在毛泽东时代，穿毛时代的服装，万事漠不关心。可是我们所见所闻的却正好相反。”“我们从书报影视中了解到的中国是个压抑的国家，人民相互之间猜忌淡漠，有话不敢说，舆论受到钳制。”这次“真是一次美妙的行程，和我们想象中的如此不同。”

十七大提出了今后坚持中国特色社会主义道路的各项重大任务，要拓展对外开放的广度和深度。这是加重了对外宣传的任务，要求对外宣传能使外国人民更好地了解中国。由于我国蓬勃发展，国际地位和影响日益提高，十七大后，世界更想了解中国今后的变化。这也是给我们加强对外宣传的好机会。

坚持中国特色社会主义道路，将是今后长时间对外宣传的总题目，要使外国人了解什么是中国特色社会主义。要介绍建设中国特色社会主义的实践和取得的成就，并通过实践介绍中国特色社会主义的理论，使世界不仅从物质方面而且在思想方面了解中国。思想方面的影响甚至比物质方面更深远。现在国外不仅注意中国的发展，也开始议论中国的模式。这就是中国的发展不仅有中国的一套特点，而且有一套不同的理论。这对世界将是有重要影响的事情。

做好对外宣传，我认为主要要做到两条。一是知己知彼，以我为主；一是有的放矢，放矢中的。知己就是要清楚自己最想要人家知道什么，有什么会最引起人家的兴趣。知彼就是要了解对方最想知道我们什么，什么是最需要解决的问题。也就是要找到双方的会合点，否则，就会是话不投机半句多。以我为主，就是不能被人牵着鼻子，随人家的意思转。有的放矢就是要弄清对象，对象不明，就是无的放矢。放矢中的，就是不仅要有的放矢，还要能中的。否则放矢不中的，等于没放。

当前我们最想人家知道的和人家最想了解的，我认为主要围绕着两个问题。一是中国的发展对其他国家是福还是祸，是机遇还是威胁？一是中国的情况究竟是好还是糟，是稳定发展，还是危机四伏？

国与国之间的交往，根本是利害问题。有利就愿多来往，无利就少来往，有害就不来往。十七大后我们要拓展开放的广度和深度，就要人家知道和我国发展来往对他们有利，是大好机遇。西方一些反华势力极力散布中国发展是威胁，试图遏制我国发展。西方一般人民鉴于帝国主义的历史，一个国家的崛起，都会对外扩张，争夺势力，带来重大的混乱和灾难，因此容易受到反华势力宣传的迷惑。我们就要以有利的机遇论来对付是祸的威胁论。

为此，我们要多注意介绍我国的发展给其他国家带来的机遇。中国的发展，为许多国家带来大市场，中国价廉物美的产品也为外国人民既节省了钱，又提高了生活水平。外国有一些报道，反映许多在中国的跨国公司、独资或合资企业盈利，而我们似乎不大注意反映这些情况。美国是散布我国发展构成威胁最厉害的。其实，它从中国的发展中取得了大大的利益。美国有的人士早就批评我们不会宣传，说台湾买了美国2000万美元的汽车零配件，就大搞公关，宣传给美国的汽车行业带来了多大好处。中美之间有多少亿美元的买卖，却不知宣传。

由于我国对发展与非洲的经济关系采取完全平等互惠的政策，援助不附带任何政治条件。这完全不同于西方国家强加政治条件的霸权行为。两种做法，形成鲜明对比。这影响西方一些国家继续推行它的政策，因而它们反而大肆污蔑我国是搞新殖民主义。我们应注意反映我国发展与非洲国家的经济往来给非洲国家和人民带来的明显利益。

介绍我国发展为周边国家带来的利益，对破除中国威胁论有很大作用。因为中国要搞威胁扩张，首先受害的是周边国家。

如果一个国家全心全意在搞国内建设，当然就不会去搞侵略扩张。我们应注意经常反映我国上下齐心协力从事国家发展建设的奋发精神和生动事迹。

我国现在要建设和谐社会，还主张建立和谐世界。中国对内对外都提倡“和为贵”，这有悠久的传统。比如中国的《诗经·小雅·书车》记载，“城彼朔方”。朱熹引程子注解：“御戎之道，守备为本，不以攻战为先也。”以后历代都重视修长城，这显然不是为了攻战，而只是为防御。孔子说，“故远人不服，则修文德以来之。”“交邻国有道乎？”孟子对曰，“唯仁者能以大事小。”孟子还说，“以力服人，非心服也，力不赡也；以德服人者中心悦而诚服也。”中国不侵略扩张。马来西亚的马哈蒂尔曾说，千百年来中国从来没有向海外扩展领土的野心。在历史上中国虽然一度极其强盛，但中国从来没有占领过东南亚。当年郑和来到马六甲，并不是要占领马六甲，而是来同马来西亚苏丹建立友好的关系。

中国近两个世纪受尽了侵略蹂躏，新中国成立，才摆脱了苦难。“己所不欲，勿施于人”，这是中国几乎人人皆知的格言。中国还没有忘了被蹂躏的痛苦，怎么又会把痛苦施于别人呢？如果就中国对内对外都一贯主张“和为贵”的历史文化传统做些文章，对打破中国发展威胁论将是很有意义的。

西方的反华势力一方面散布中国威胁论，另一方面又大事渲染中国外强中干，虚有其表，危机四伏，必将崩溃垮台。这也是吓唬人家与中国来往危险。由于中国在开创一条完全新的建设社会主义的道路，必然会发生这样那样的困难和问题，而最早建设社会主义的苏联又垮了台，反华势力的宣传对人们有一定的市场。因此，我们要以中国稳定发展论来对付它的崩溃垮台论。

西方的一些反华势力从政治经济各个方面渲染我国的危机，主要是在政治方面。它污蔑中国不讲人权，不民主，实行专制，是共产党专政。因而人民越来越不满。这将是西方反华势力长期在思想政治上对我国煽动资产阶级自由化的主攻方向。我们应该继续高举人权民主旗帜，积极应战，从理论到实践，介绍我国人民越来越享有人权民主的实际情况。

对于人权民主，道理在我们手上。享有人权民主，不能只看表面形式，而要看实质。是少数人的人权民主，还是多数人全国人民的人权民主？在资本主义社会，人权民主只是资产阶级的权利，广大劳动人民在表面上似乎有各种权利，实际上资产阶级有钱有势，占统治地位，一切由它操纵。中国推翻了剥削阶级统治，人民真正当家作主，享有人权民主权利。

所谓享有人权，简单地说，就是一个人应该有过当代条件下像样生活的权利。根据中国的实际，中国人民首先要取得的是生存权、发展权。我们要介绍中国人民从新中国成立前毫无生命保障的状况下，到新中国成立后逐步由基本解决温饱到奔小康的过程。现在十七大提出今后要全面建设小康社会。十七大提出的今后各项政策和任务，都是为了实现这一目标。应该注意介绍各项政策和任务执行的情况，并相应说明它们对增进人民享有人权的关系。

西藏是反华势力不断指责我国违反人权的一个题目。西藏的根本问题首先是主权归属问题。现在达赖集团和西方一些国家在表面上已不好提这个问题，而着重提人权。而西藏人民的首要人权也是生存权、发展权。西藏人民摆脱非人的农奴制是前提。而后的要求就是解决温饱，奔小康。因此应经常反映西藏人民生活改善的情况，特别是全国对西藏的援助对改善藏族人民生活所带来的变化。西方一些舆论无法否认西藏的经济发展，因而散布藏族人民并没有得到经济发展的好处，只是汉族有利。因此在介绍西藏经济发展情况的时候，同时要注意反映藏族广大人民因而得到的利益。

达赖集团和国外反华势力着重污蔑我国灭绝藏族文化和宗教，应该以具体事实反映，实际上是西藏地区经济的发展，使藏族的文化教育得到空前的发展，宗教寺庙得到更好的保护，人民的宗教信仰自由得到更大的保障。这也是中国其他少数民族的实际情况。应该通过“请进来”和“走出去”的多种办法，使外国人具体了解西藏文化教育的发展和宗教信仰得到尊重和保护的情况。

大会报告提出了发展社会主义民主政治的各项任务。

西方国家的一些舆论按照资产阶级的民主观，把资本主义社会的一套民主制度和形式作为是否民主的标准。认为只有实行西方的一套，才是民主，否则，都不民主；中国的政治体制改革，应该就是改为西方的一套模式，否则就不算改革。由于资产阶级的长期宣传的影响，国内有一些人也盲目地按资产阶级的民主制度和形式来看待我国的民主政治发展。事实是西方资本主义的民主制度并不民主。最近，前美国的劳工部长就发表文章批评资本主义扼杀民主。李光耀曾有力地驳斥美国传媒批评新加坡独裁专制和认为只有按照美国的制度才能繁荣进步时说，这是“因为我们不遵照他们的想法来管理我们的国家”，但是“他们的理论都没有得到证实。没有在他们统治了五十年的菲律宾得到证实。这样的理论也还没有在台湾得到证实。”

因此在介绍我国发展民主政治时，必须明确，我国实行的是社会主义民主，与资本主义的民主有本质的不同。而且由于各个国家的历史和实际情况不同，根本不可能都采取一种模式。

制度是否民主，根本要看这种制度能否真正实现人民当家作主，也就是能否切实按照人民的意旨行事。中国的历史和现实说明，社会主义民主制度使人民得以实现自己的要求和愿望。中国人民正在努力建设全面小康社会，逐步实现民富国强的最迫切和最大的愿望。中国实行的人民代表大会以及共产党领导的多党合作和政治协商制度，完全能反映和实现人民的意旨，及时克服困难，解决发生的各种问题。中国之有今天，正是执行历次人民代表大会决定的结果。

西方的一些舆论指责中国不民主，硬说共产党和它领导的社会主义国家是反对人权的。实际是从人权角度来说，共产党和社会主义的产生，正是因为资本主义社会广大人民没有人权。建设社会主义社会的过程也就是不断促进人权的过程。过去我们一度少提人权两个字的原因，主要就是建设社会主义就不必再提什么人权了。这次大会修改了党章，规定要尊重和保障人权，以及人权也写入了中国的宪法，这就完全打破了西方的谬论。现在我们应该利用人权写入党章的机会，很好介绍中国共产党从成立起，即为争取人权民主而斗争的历史和成就。这也是为什么中国共产党能长期受到人民拥护，成为执政党、领导党的一个原因。

西方的一些舆论也极力渲染我国经济上发生的一些问题，如区域、城乡之间发展的差距，贫富的悬殊，就业问题，社保问题等等，总之，许多问题无法解决，引起社会的不稳定。我们应该介绍中国人民从过着牛马生活逐步克服各种困难到现在要建设全面小康社会的变化。特别要注意介绍执行十七大提出的与改善人民生活密切相关任务的情况，如城乡协调发展，“三农”问题以及关于以改善民生为重点的各项社会建设，如发展教育、扩大就业、改革分配制度、社会保障、医疗卫生等。这些都具体地反映中国人民是共同建设、共同享有，走着一条由一部分地区和一部分人先富起来带动未富逐步实现共富的道路。还有群众性的互相帮助扶贫济困的活动和动人事迹也可以介绍，如“扶贫工程”、“希望工程”、“幸福工程”等。正是因为这样，人民的富裕面和水平越来越扩大提高，社会也越来越稳定和谐。

以上只是一些片段零碎的想法。大会决定的目标和任务，将管相当长的一个时期。因此我认为，不仅要制定当前的对外宣传要求，还应考虑中长期的规划。特别是像不是报纸通讯社和电视广播这类机关的出版社等，可以拟订包括中长期的出版计划，比较系统地介绍中国特色社会主义的实践和理论。

同时，要更注意把各方面的对外宣传的积极性和力量推动和组织起来。对外开放是全国各地区、各部门的任务，也是需要各地区、各部门共同协作，互相配合才能完成的。有许多问题不是专门从事对外宣传的单位或直接有关部门可以独力完成的。如介绍什么是中国特色社会主义，什么是中国特色社会主义理论，以及宣传中国发展对世界是大贡献和大机遇而不是威胁等。尤其有一些对我国一时影响重大的问题，如人民币汇率问题、出口产品的安全问题等，也应该组织有关部门和外宣单位共同配合协调宣传，这才能加强宣传的力度，增强宣传的效果。不能以为这个问题只是有关部门或外宣单位的事，由这个部门或这个单位管就是了。

对外宣传工作应改革开放之运而生
——专访新时期外宣事业的开拓者朱穆之*

1978年，改革开放将中国与世界的大门开启。从此，东方文明古国的生命芯片被激活，亿万人民开始行动起来，一个波澜壮阔的时代被书写。寻找30年外宣事业的时空坐标，国务院新闻办公室第一任主任朱穆之首先进入了我们的视线。今年92岁高龄的朱穆之，先后担任过新华社社长、中宣部副部长、文化部部长；从1980年中央成立中央对外宣传小组起，至1992年底离休，他一直担任中央对外宣传小组组长；1991年4月至1992年底，兼任国务院新闻办公室主任。他是我国新时期对外宣传事业的开拓者、推动者和见证者。

可以说，他的工作经历几乎就是我国新时期对外宣传工作不断发展的一个缩影。当我们和他交谈的时候，感觉他就是一部展开在眼前的新时期外宣历史书，阅读中，我

* 此文发表于《对外传播》2008年第11期，选入本书时有删节。

们不断感受着30年来外宣事业脉搏的激荡。

对外宣传工作是应运而生

《对外传播》：党的十一届三中全会决定实行改革开放后不久，就提出必须进行对外宣传。那么，新时期对外宣传工作和改革开放到底是一种什么关系？

朱穆之：我常说对外宣传工作是应运而生。应什么“运”，就是开放之“运”。要对外开放就要对外宣传，越开放越要对外宣传。对外宣传是对外开放题中应有之义，要开放，而不对外宣传是不可思议的。就像开店铺一样，开张时就要悬灯结彩，敲锣打鼓，放鞭炮，否则，谁知道你开张。以后还要不断做广告。现在对外开放的重要性越来越被大家认识，外宣工作的重要性也就容易为大家所理解。

《对外传播》：实际上，我们党做外宣工作有很长的历史了。比如说，延安时期中央和毛主席就很重视对外宣传，斯诺写出了《红星照耀中国》；建国后，毛主席提出“新华社把地球管起来”。但为什么到了上个世纪八十年代，我们才单独成立这么一个中央对外宣传小组？

朱穆之：那是1980年3月，中央书记处专门讨论了对外宣传工作，决定成立中央对外宣传小组，协助中央统一领导整个对外宣传工作。4月，中央对外宣传小组正式成立。这个也不难理解，这是因为，三中全会以后，改革开放作为强国之路，对外开放已成为把中国建设成为社会主义现代化强国的战略问题，对外宣传的重要性也就与过去不可同日而语。

《对外传播》：在改革开放之初，新成立的中央对外宣传小组主要有什么样的职责和任务？作为对外宣传小组组长，您当时首要的工作切入点是什么？

朱穆之：中央对外宣传小组的职责，就是协助中央指导全国外宣工作，不只是管中央对外宣传部门，而是包括中央各部门和各地方的对外宣传，为建设中国特色社会主义争取一个良好的国际环境。其任务主要是根据国内外形势，提出外宣的方针、政策和重大问题的宣传意见，组织、推动、协调、检查各方面的外宣工作。

“文化大革命”前，我国的对外宣传工作很薄弱，“文革”中基本上被取消，仅有的一点儿就是把“文革”的文件、文章、言论等往外播发。在闭关锁国的情况下，造成普遍缺乏对外宣工作的意识。加上在极“左”思想的压力下，大家更把对外工作看作容易犯大错误的事情，不敢谈对外。更重要的是，对外开放是新事物，对它的重要性不了解，也就不容易认识对外宣传的重要性。所以，对外宣传小组首先的工作就是解决认识问题。其次，要开展对外宣传，必须有一支有力的宣传队伍。开放不仅是中央开放，全国各地区都要搞开放，所以必须全国都来做外宣工作。对外宣传工作不仅是宣传部门的事，必须调动一切可以利用的力量，形成全国全党上下左右一起来做。

中央对外宣传小组于1982年4月召开了全国地方对外对台宣传工作会议。胡耀邦、邓颖超、廖承志等领导同志到会讲话。参加会议的，不仅有地方主管外宣工作的同志，而且有中央有关部门包括中央各主要新闻出版单位的同志。会议确定了全国对外宣传工作任务和方针，中央、地方和驻国外机构三部分的外宣工作任务。这实际上是历史新时期我国召开的第一次全国性的对外宣传工作会议。

中央对外宣传小组主要抓大事。当时对外宣传小组大体每周开一次会，传达和讨论中央指示，请涉外部门的领导介绍情况，商议形势，讨论全党、全国在对外宣传中的重大问题，及时指导对外宣传工作。

对外宣传是对外开放的先导和保证

《对外传播》：1988年至1989年中央对外宣传小组曾一度撤销，对外宣传工作归中宣部管，但您作为中央宣传思想工作领导小组成员，仍负责指导对外宣传工作；1990年中央对外宣传小组恢复后，您继续担任组长，直到1992年离休。中央对外宣传小组从设立到撤销再到恢复，后来又成立中央对外宣传办公室，外宣机构可以说历经多次调整，最后才有了一个固定机构。外宣机构的不断变化也反映出中央对外宣工作重要性认识的不断提高。那么，请您谈谈中央对外宣传办公室成立的过程。

朱穆之：中央对外宣工作重要性的认识的确有一个

过程。中央对外宣传小组成立时是附属在中宣部的，由主要的涉外部门领导成员组成，我担任组长。具体工作由中宣部外宣局和建立的外宣小组办公室负责。对外宣传小组的业务由中央两个小组领导，一个是中央外事工作领导小组，一个是中央宣传思想工作领导小组。因为对外宣传跟外事领域密不可分，跟整个宣传思想工作密不可分。到了1987年机构改革的时候，偏重机构的精简，考虑宣传部门头太多，又是对外宣传小组，又是中宣部，又是宣传思想工作领导小组，决定取消对外宣传小组，工作归并到中宣部。当时，我还是宣传思想工作领导小组的一个成员，负责外宣方面的事，我同时也是外事工作领导小组成员。

后来，1989年北京政治风波的时候，我们在国际上更显出对外宣传工作的薄弱，必须加强。中央宣传思想工作领导小组在讨论加强外宣工作问题时，我提了三个方案：一是单独成立一个对外宣传机构；二是恢复对外宣传小组；三是搞一个像美国新闻署的事业单位，专门管对外宣传。

中央决定不仅恢复对外宣传小组，并独立起来。1991年，出于工作的需要，中央又决定中央对外宣传小组在国务院挂一个名，就是“国务院新闻办公室”。所以，在那个时候，对外宣传机构对内是“中央对外宣传小组”，对外是“国务院新闻办公室”。1992年，我退下来后，“中央对外宣传小组”改变为“中央对外宣传办公室”。前年，中央又决定成立中央对外宣传领导小组，说明中央更加重视加强对外宣传。

《对外传播》：现在很多外宣工作者还能清晰地回忆起，您在国务院新闻办公室成立后举行的中外记者见面会上的讲话。能否请您谈谈当时的情况？

朱穆之：这个记者见面会是在1991年6月13日举行的，我主要介绍了国务院新闻办公室成立的目的、任务。新闻办公室是组织、推动、协调中央有关部门和地方做好对外介绍中国的工作，让世界更好地了解中国，也让中国更好地了解世界，加强中国同世界各国的经济、科技、文化等方面的交流合作。新闻办公室是国务院统筹协调全国对外介绍中国的综合性机构，它不代替任何其他部门有关对外工作。

新闻办公室还为外国、港澳记者以及一切愿意了解中国的人提供便利和服务，它不设置障碍、限制，不搞新闻检查。外国对中国的了解很少，有的人只看到一个很小的局部。由于成见、误解或误信谣言，一些外国人心目中的中国形象并不符合中国的真正形象。新闻办公室为弥补过去介绍中国方面的不足，把中国的情况全面、如实地介绍给世界，让世界人民看到中国的真正形象。

《对外传播》：今年是改革开放30年，作为外宣事业的见证者，您感觉到30年来对外宣传出现的最明显的变化是什么？

朱穆之：最大的变化就是现在对外宣传工作的地位、

规模、影响跟过去大不相同了。现在大家都认识到对外宣传是一个战略性的工作，对建设中国特色社会主义有着重大关系，只能越来越加强，不能削弱。从规模上讲也是大不一样了。外宣队伍和机构都比过去大大加强了。一个比较完整的对外宣传队伍建立起来了：有中央、地方党委对外宣传领导机关；有国家和地方对外宣传机构，包括有关的报纸、通讯社、广播、影视、出版、网络等部门；有中央和地方各涉外部门、企业、团体，以及驻外使领馆和其他驻外单位的对外宣传机构或专职人员，形成了中央、地方、驻外使领馆三大块的对外宣传工作体系。还陆续创办了英文《中国日报》、《人民日报》海外版，通过多种途径扩大我外文书刊在海外的印刷、发行；开辟了对外电视频道，建立了大功率的发射台向海外传送广播电视节目；在西方国家开展了汉语教学，在一些国家建立了文化中心等等，还同当地友好人士和华人合作建立了一些海外电视广播宣传阵地，使我们的声音可以部分地进入其主流社会。中央对外宣工作也有较大的财力支撑，这为对外宣传事业的持续发展提供了经费保证。

《对外传播》：改革开放以来，我们的外宣事业走过了一段独特的历程，有无特殊的规律和经验？

朱穆之：除了前面已经谈过的，我认为，对外宣传是一门艺术，难度很大。最大的问题是针对性。内外有别，是最大的针对性。对外宣传还要区别不同国家、不同阶层、不同领域的不同对象，根据不同情况和要求，进行不同的宣传。对外宣传要加强针对性，必须认真研究宣传对象，掌握外国各类人的思想状况，对中国什么方面感兴趣，或有疑虑、误解等，才能有的放矢地进行宣传。

《对外传播》：我们注意到您曾经担任过党的十二大、十三大新闻发言人，您能谈谈作为新闻发言人的感受和经验吗？

朱穆之："文化大革命"后，人们把接见外国记者视为畏途，一般不接受他们的采访。我国代表团出访外国也不见记者，不开记者招待会。其实接见记者、开记者招待会，是对外介绍自己的非常重要的渠道，拒绝运用这一渠道是十分不明智的。1982年2月，中央批准对外宣传小组的请示，决定建立新闻发言人制度。中央许多部门和省一级设立了新闻发言人。外交部由偶然召开新闻发布会到定期召开记者招待会，成为制度。国务院新闻办公室的记者招待会现在也已经常化、制度化。1982年党的十二大以后设新闻发言人并举行记者招待会，我担任了党代表大会发言人。党的十三大也由我任发言人。同时还请中央一些部门的负责人举行记者招待会。中央新一届领导人选出后即与中外记者见面，回答提问，取得很好的效果。以后，党代表大会和全国人民代表大会开会期间，都设大会发言人并举行记者招待会，中央部门的负责人和中央、国务院的领导同志都出席记者招待会，回答记者提问，这已形成定制，产生了很好的影响。对外宣传工作要善于利用外力进行宣传，特别是重视对外国记者的工作，要主动、积极、有针对性地加强新闻发布工作，及时向他们提供权威信息，以引导舆论。

《对外传播》：您今年已经过了92岁了，“有力只顾往前走”是您的一个诗句。我们看到您心中依然跃动着一股热潮，您仍站在队伍中带着大家往前走，您用什么方式保持跟社会、时代的脉搏一同搏动？

朱穆之：没有什么特别，退了下来就轻松了，没有每天压在身上的担子了。那么就自己看看东西，特别是看到国内外一些重要情况，就不免长期工作形成了的一个习惯，思考一下，有的还记下一些自己的想法，和一些老同志交换一些看法。有一些被有的媒体发表。我却有顾虑。我既已退下来，脱离实际，不要帮了倒忙。你们找我谈谈，我可以谈，但我也有这样的顾虑。

国际新闻报道应有所作为
——在国际新闻评奖会上的讲话

热烈祝贺国际新闻评奖取得成功，祝贺得奖的同志，祝贺国际新闻报道又取得新的成就。

现在我国不断扩大开放，人们不仅关心国内新闻，也越来越关心国际新闻。发展我国与各国的关系，这是互动的关系，既影响别国，也受别国影响。新闻报道在这互动中起着重要作用。通过新闻报道，我们既了解其他国家，也通过新闻报道影响其他国家。这次许多作品之得奖，我看就在了解其他国家或影响其他国家方面做出了贡献。这次评奖，也使我们看到，在了解和影响其他国家方面，我们新闻工作者有着发挥聪明才智的广阔天地。

对于风云诡谲的国际局势，总的来说，我们还是要韬光养晦，而又有所作为。这两者并不矛盾。韬光养晦，并非无所作为。凡涉及我重大利害关系的原则性问题，或我力所能及的事，我们还应该尽力而为。我认为，在国际新闻报道方面，我们对有所作为这一面，还是可以大有作为的。我想到以下一些问题。

如何正确认识国际形势，这对于我国和其他国家都是重要问题。现在世界最基本的形势如何？是一极，还是多极？这是观察国际形势的基本出发点。原来两极之一的苏联不存在了，是否就是2−1=1呢？我们和许多国家的看法是2−1不等于1，而是多于2，成为4或5或6。而美国认为2−1就是等于1。多极化，虽然多矛盾，也多制约，有利于和平。而美国认为，现在唯我独尊，可以为所欲为。形势的发展，必然与美国的野心背道而驰。美国将不断碰壁。对国际形势的这一基本特点，我们应该通过客观不断发展的事实，充分反映，反复论述，多做文章。这对国内外观察国际局势将起到正确的引导作用和鼓舞作用。

美国是我国的主要对手。所谓主要对手，包括利与害两个方面。既是发展交流合作的对手，又是矛盾斗争的对手。我们的新闻报道要促进利的一面，抑制害的一面。为此，对于美国的政治经济动向，应注意及时反映，并做深入的剖析。特别是美国的经济，对中美两国的关系有着重要的影响，也是两国共同利益的所在。这方面很可做文章。如我与美经济发展对美有什么利？美国有哪些方面适合我发展经贸往来？等等。在政治方面，与我直接有关的问题，要及时报道。比如，美国国内对于与我政策的争论，应反映，并适时加以评述。至于美对我的无理攻击，如最近大闹的所谓政治捐款，应该及时大加批驳。

南北之间的矛盾在发展，东南亚的一些国家现在敢于对美国说不。发展中国家是我国团结和依靠的朋友，如何在宣传报道上促进相互的了解和友谊，应多注意。现在似乎不但关于发展中国家的报道不多，文章和评论更少。特别是周边国家对我建立良好的国际环境，有着特殊重要性。现在西方一些国家在煽动中国威胁论，影响所及，首先就是我周边国家。如何通过新闻报道增进周边国家对我国的了解和友谊，更值得研究。我想，至少应该在我们的新闻报道中体现我对这些国家的重视。这些国家现在都有较快发展，我们注意报道一下，可以表示我们对他们的关切。一定时期，对于这些国家的发展情况做些综述和文章，会产生好的影响。如果一年到头，在我们的新闻报道中见不到几条这些国家的消息或文章，在这些国家看来，很难说我是很关注和重视这些国家的。

现在，我觉得，在国际新闻报道方面，我们报道面还比较窄，缺少分析性的综述，更少纵谈国际形势和问题的评论和文章，显得生气不足，声音少而小，放不开。当然，国际问题政策性强，应该谨慎。但不是谨小慎微，多一事不如少一事，无所作为。在不违背我国政策的前提下应该大胆去做。

现在世界十分注意中国的声音。我们应该利用这个有利形势，扩大我国的影响。现在我们在物质技术方面也有一定条件。世界上没有几个国家有像我国的新华社、广播电视台和对外报刊这样强大的传播手段。我们应该充分利用这一条件，冲破西方对世界舆论的垄断局面。

驳所谓“灭绝西藏文化”

（2002年12月）

达赖一直在宣传“西藏的文化遭到灭绝”。西方一些人也不断指责中国灭绝西藏独特文化。人们应该追问一下，究竟西藏文化现实的具体情况如何？究竟西藏的文化怎样遭到了灭绝？达赖竭力要保持的又是什么样的独特文化？

文化是社会发展的产物，它随着社会的发展而发展。奴隶社会有奴隶主义文化，封建社会有封建主义文化，资本主义社会有资本主义文化，社会主义社会有社会主义文化。达赖和西方一些人所说的西藏的独特文化又是什么一种文化呢？西藏在达赖统治下是一个政教合一的农奴制社会，占统治地位的文化是封建农奴主义文化。西藏经过民主改革，政教合一的农奴制社会被彻底推翻，封建农奴主义文化也被扬弃而发展为一种新的藏族文化。那么，达赖所说的被灭绝的西藏文化又是哪种文化呢？是不是就是那种封建农奴主义文化呢？

民族文化的生命力在于能跟上社会的发展、时代的进步，不断扬弃，与社会、时代相适应地保持下去，并继续发展，不相适应的被淘汰。它还需要不断汲取其他民族的精华，以滋养自己，创新发展。一种文化如果不能随着社会、时代发展进步，停滞不前，那就要衰落以至灭亡。这是客观规律。中国各民族的文化是如此，世界上任何民族的文化也是如此。如果认为原有的文化都不能发展变化，一有发展变化就是对原有文化的灭绝，那么，什么是原有文化呢？那只能追溯到上古时代，那时茹毛饮血、结绳记事，哪还有今天的世界！

中国文化已有五千年以上的历史，自夏、商、周、秦、汉、两晋、南北朝、隋、唐、宋、元、明、清，文化有了多么巨大的变化。19世纪帝国主义发动鸦片战争以来，中国文化又发生了多么大的变化。即使是改革开放以来的二十多年，文化的变化又是多么巨大。几千年来，固有的文化随着社会的发展不断扬弃，并不断汲取和融合外来文化，终于形成今天中国的文化。中国就是在这种不断发展变化的文化中发展壮大。可以说，没有今天的文化就不会有今天的中国。

中国西藏的文化同样是在不断变化的。以达赖竭力宣传被灭绝的西藏宗教来说，现在达赖信奉的藏传佛教，并不是藏族固有的宗教。藏族原来信奉苯教。佛教是从印度传入的。而现在的藏传佛教也不是从印度引入的佛教，而是在西藏历史和现实影响下发展成的一种独特宗教。藏传佛教现在也在发展变化中。在达赖统治西藏时期，按照藏传佛教仪轨，“为达赖喇嘛念经祝寿，下密院全体人员需念忿怒十五施回遮法，为切实完成此次事，需当日抛食，急需湿肠一副，头颅两颗，各种血，人皮一张，望立即送来。束斯基稍夏帕空”（引自西藏自治区档案馆保存的达赖统治西藏时期的一份档案资料）。今天的西藏，有1700多座藏传佛教寺庙，僧尼46000多人。寺庙照旧念经转经，藏族信徒依然五体投地磕长头，朝拜佛祖，但是再不会有哪一座寺庙或哪一些信徒会再遵守上述仪轨了。这种变化是否就是达赖指责的灭绝呢？相信达赖现在不可能也不会再按这种仪轨来为自己祝寿了。

藏医药属藏族独特文化，是世界文化的宝贵财富。它为藏族人民的繁衍生息作出了重大贡献。达赖所说的灭绝藏族文化是否就是指的藏医药呢？在达赖统治时期，西藏仅有两所医疗机构，面积共500平方米，医疗人员不到50人，主要是为贵族、上层僧侣、农奴主服务。现在建立了西藏自治区藏医院，面积10多万平方米，不仅分设内、外、妇产、小儿等科，并有放射、心电、内窥镜等现代设备，对广大藏族人民实行科学治疗。许多县医院有藏医科。自治区还建立了藏医学院，培养各类藏医药人才。此外，建立了10多家藏药制药厂，大量生产各种藏药。在西藏解放以前，藏族人口长期徘徊在100万左右，现在已增加到260万；人均寿命由35岁提高到67 岁。藏族人民健康状况的改善，应该说藏医药的发展起到了作用。这些事实说明，藏医药作为藏族独特的文化是大大发扬和发展了，而不是被灭绝了。达赖要求不灭绝的是否是继续保持他统治时期只有两所为贵族、上层僧侣、农奴主服务的诊所呢？

民族文化最显著的特征是与众不同的语言文字。也许达赖所说中国要灭绝藏族独特文化就是指的藏族语言文字？过去殖民主义者的传统伎俩就是不许殖民地人民使用自己的语言文字，甚至不许用本民族的姓氏，以达到彻底灭亡这个民族的目的。因此不了解中国实际的外国人根据原来的概念，对达赖的谎言容易信以为真。但是西藏从13世纪以来就是中国的一部分，根本不是中国的殖民地。过去中国的封建王朝虽然也压迫少数民族，但从未禁止少数民族使用自己的语言文字。新中国成立后，宪法规定各少数民族有使用和发展本民族语言文字的权利，还为没有文字的民族创制了文字。现在藏族人民依然普遍讲藏语、用藏文，而且有了达赖统治时期没有的藏语广播电影电视和众多藏文报刊。藏族人民进行诉讼，都使用藏语文。达赖集团曾宣传中国不许西藏学生学藏语文，实际情况是，西藏教育事业有很大发展。过去西藏没有什么现代学校，儿童入学率不到2%。有一所拉萨小学，办了十年，只有12人毕业。现在不仅普遍建立了小学，还建立了中学、高等院校。儿童入学率达到83.4%，教学以藏语文为主。现在藏族青壮年的文盲率由西藏解放前的95%降到1999年的42%，难道这就是达赖所说的对藏族独有的语言文字的灭绝？西藏自治区现在注意学生对汉语的学习，这一时成了达赖一伙指责消灭藏语文的依据。当今世界，哪个国家和地区的人民不重视在母语之外学习其他语文？因为这是一个国家、一个民族对外开放、加速发展所必需，与人民切身利益紧密相关。西藏作为中国的一部分，必须学习国家最通用的汉语，这是十分自然的事。（达赖一伙可能“有意”忘了美国众议院1989年通过，波多黎各要成为美国第51州，必须加强英语教学，要使儿童在10 岁前就能讲流利的英语。）为什么达赖要藏族人民特别是年轻一代永远只懂得藏语文呢？达赖竭力反对藏族人民学汉语，目的是要把西藏从中国分裂出去。

达赖指责中国灭绝藏族文化，自然也包括藏族音乐、舞蹈、美术等等。藏族人民能歌善舞，有很高的艺术天赋，但是过去艺人的地位低微，许多卓越的人才被埋没了，不要说中国各省无人知道他们，就在西藏地区也没有多少人知晓。现在藏族音乐、舞蹈、美术等艺术优良传统不仅得到继承，而且大大发展创新，产生了许多艺术家，他们成为全国的明星。比如，最近中央电视台举办的全国青年歌手大赛，一位藏族女歌手以藏族歌曲获得了大奖。许多卓越的艺术团体，还到一些国家演出，引起轰动。在达赖眼里，藏族这些艺术的发展创新都是一种灭绝，只有恢复到过去那种无声无息、自生自灭的状态才是没有被灭绝。

一个民族的生活方式如衣食住行和习俗礼仪等也属文化范畴，它们也一样会随着时代进步而不断变化，有的被保持，有的被废弃。在西藏，比如衣，过去农奴衣不蔽体，“一件羊皮袄，当衣又当被”。现在普通人家不仅有吃有穿，所穿藏装，讲究质地、款式新颖，还穿戴流行服饰。又如食，过去一般农奴食不裹腹，现在普通人家除了有牛羊肉、酥油茶，还有过去难得的新鲜蔬菜，就是生猛海鲜也不稀罕。至于住，过去一些农奴露宿街头，一些家奴只能栖身在主人的厕所里。现在一般农户新盖了住房，一些主要产粮区的农民都住上了新盖的楼房。行，现在有了公路、汽车，免去长途跋涉之苦。过去迁移草场靠牦牛，现在开始用汽车。礼仪习俗，也有显著变化。比如藏族为了表示对客人的尊敬，要献哈达，这是很受人欢迎的礼仪，一直被保持下来。过去农奴见了官家、领主，要哈腰吐舌，主人上马，农奴要趴在地上，让人踩着背骑上马去。像这种令人屈辱的习俗就随着农奴制一起被废除了。达赖所说的藏族文化的灭绝，是否也包括这些方面的变化？要不灭绝，是否只有原封不动地保持他统治时期农奴制社会的一切生活方式和习俗礼仪？

藏族人民有高度的爱国主义传统，这是藏族文化精华。多少世纪以来，藏族人民始终维护国家的统一，反对分裂。在19世纪清王朝国力日益衰弱的时候，一些帝国主义国家千方百计试图侵占西藏，甚至发动战争，占领了拉萨。但是藏族人民不畏强敌，奋起反抗，终于挫败了敌人，维护了国家的统一。这是藏族人民非常了不起的优良文化传统。维护、发扬还是抛弃、摧毁这一传统，是继承还是灭绝藏族文化的重要标志。达赖1959年发动暴乱，叛逃出国，几十年来，投靠国外反华势力，猖狂进行分裂活动，妄图实行西藏独立。达赖的所作所为，遭到藏族人民的谴责和唾弃。是广大藏族人民维护了藏族爱国主义文化传统，而破坏和背弃这一文化传统的恰恰是达赖。

以上所举各个方面，都属于文化范畴。就这些众多方面来说，藏族文化是继承发展进步了，还是被扼杀灭绝了，这是明摆着的事实。达赖百般攻击中国灭绝藏族文化，却举不出任何确凿的事实，而他所说的藏族文化，只是他统治西藏时期的农奴主义文化。他所希望的就是永远能保持这个文化。

任何一个民族的文化总是要随着社会的发展、时代的进步而发展进步，西藏文化也一样。随着中国特色社会主义建设的发展，新的先进的文化将不断取代旧的落后的文化。任何对这种发展进步的阻挡和扭转倒退，将真正是对这个民族文化的灭绝。而这种图谋只是螳臂挡车，必将被时代前进的车轮碾得粉碎。达赖的图谋也一样。

奇怪的交友之道

（2008年）

最近德国议会通过决议，大肆“教训”中国应该如何对待德国也承认纯属中国的西藏，并且宣告还要来中国当面“教训”。而中国政府在如此恶劣的气氛下决定不得不推迟德国外长来访后，德国一些先生们又大发雷霆，指责这是“粗暴的”，“不是相互伙伴关系所应有的”。

这是一种很奇怪的交友之道。古今中外，都有许多交友之道，但像德国先生们这样讲法，还真是破天荒第一次。

你有一位朋友，你请他来家做客。而这位朋友来之前，却在大庭广众之中，对你大肆叱责。说你家规不好，习惯太坏，对子女偏心，并提出必须改变等等。他还宣布，来做客时还要指着你鼻子骂。对于你这位朋友怎么办呢？显然，这场客是难以请了。可是你辞谢他来之后，他却又指责你不合交友规矩。世界上有这样交友之道的吗？

按照德国先生们的逻辑，那么，在请德国先生们来访之前，中国的人大可以通过一个决议，指责德国政府纵容纳粹势力死灰复燃，放任排外分子烧杀外国人，并规定德国政府必须如何改变这些状况。德国先生们是否认为，这才是符合发展两国友好关系的交友之道呢？推而广之，各国相互都如此对待，世界会成为什么状况呢？

国与国相交，起码的条件应该是尊重别国的主权，不干涉别国内政，这才是交友之道。西藏是中国的一部分，德国的先生们虽然也这么说，可德国议会通过的决议却公然支持要把西藏从中国分裂出去的达赖和西藏“流亡政府”。决议还要求中国政府和达赖谈判“增加西藏人民的权利”。德国先生们知道在达赖统治西藏时期，西藏人民所有的权利吗？他们的权利就是有当西方中世纪那样的农奴的权利。德国先生们为什么不去了解一下当时占西藏人口95%的农奴过着地狱般的悲惨生活的事实呢？德国先生们要中国和达赖谈判和增加西藏人民的权利，这是不是要增加达赖这一曾是西藏最大农奴主的实行农奴制的权利？或者是要增加西藏人民有当农奴的权利？

西藏人民过去过的是什么样的生活，有什么人权？现在西藏人民过的是什么样的生活，有什么人权？这是明摆着的事实。德国先生们为什么闭着眼睛不看一看呢？西藏确有一些人失去了权利，那就是达赖和那些农奴主失去了买卖、抵押、转让、赠送和残杀农奴，以及拥有农奴的子子孙孙人身权的权利。大讲人权的德国先生们，怎么和那些最践踏人权的农奴主站在一起，而且不惜损害中德两国友好关系而大力支持这些农奴主呢？

请问德国的先生们，打着维护人权的旗号，支持分裂中国领土、干涉中国内政，这是“相互伙伴关系所应有的”吗？对于德国这种违背交友之道的无理行为，德国先生们还要中国逆来顺受，这不是太“粗暴”了吗？

自视优越，可以任意欺压其他国家，要一切人俯首听命的时代过去了，中国已不是曾被人踩在脚底下的中国了！奉劝德国的先生们，两国相交，还是遵照正常的交友之道为好，这才是两国之福。

关于党的十三大记者招待会

党的代表大会举行记者招待会，应该说过去在十二大时、党代表会议时也有过。不过当时只是在会议告一段落时，向中国和外国驻京记者介绍一下会议情况，也回答一些问题。而十三大与过去有很大不同。事先宣布欢迎外国记者来采访，除了小组会和选举外，记者都可以参加。会议期间，连续举行记者招待会，还由许多外国关注的部门和地方的领导人接受采访，回答问题。特别是中央新的领导人一经大会选出，就立即与中外记者见面，接受采访，这在过去是不曾有的。这在当时苏联和东欧国家也从未有过。应该说这是一大突破。

所以采取这一重大改革，在于我国实行改革开放时间不长，却取得巨大成就，世界各国瞩目。中央召开十三大，这更是全世界关注的大事。这是让世界更好了解我国的绝好时机。而欢迎记者采访，本身就是对外开放的具体体现。

有两点值得提一下。一是1987年中央领导人有变动，因此国外对十三大更加注意。采取欢迎外国记者采访的措施，非常有利于增加外国对中国局势的了解，消除各种猜测、疑虑和谣言。

另一点是这次大会不仅欢迎外国记者采访，也欢迎台湾记者来采访。当时台湾对开放两岸往来还很害怕，只开了一个小门缝。有记者来采访，还要治罪。我们欢迎台湾记者来采访，突出地表明我对台政策是推动台湾把门打开，两岸开放。

中央的这次决策，争取主动，取得超出预想的非常好的成果，不仅对记者，也在国内外引起了强烈的反应。对国内是对党的路线政策的一次生动深入的宣传，也是对全国人民的很大鼓舞。对国外是树立了坚持改革开放、民主团结的鲜明形象。外国舆论反映是空前的开放，空前的坦率，“为中国树立了特别好的形象”，“中国改革有希望，中国党有希望”，“是一次充分利用舆论的会议”。国内记者反映是，“这次大会标志着中国新闻界走上了更加开放的新阶段”，“新闻改革的新起点”。

要改革开放，就要让世界了解中国。要积极主动地介绍中国，就要解放思想。过去一般干部由于没有接受外国记者采访的习惯，又受“文化大革命”的影响，许多人怕见记者，怕犯错误。这是一种严重的思想束缚，与改革开放是格格不入的。其实，只要了解政策，熟悉情况，就不会被外国记者难住，也不会出大错误。即使一时有难以回答的问题，或回答得不周全，也可以找机会补救。而不见外国记者，那只能使外国记者更增加对我国的误解，而没有消除的机会。这就犯了妨碍改革开放的最大错误。十三大欢迎外国记者采访，为以后对外国记者采访更加开放打开了新局面。

《参考消息》要坚持开放初衷

新华社做了许多的工作，最主要的是两件事。一是新闻报道，一是《参考消息》。新闻报道的作用不用说是明显的。而《参考消息》的作用是不明显的，却是不可估量的。中国人民之所以在国际上反华势力的严重封锁和攻击下，始终巍然屹立，与这两件事都有关系，而《参考消息》又起着特殊的作用。这就是毛主席说的，使人民见了世面，经了风雨，种了牛痘，受了锻炼。

当时毛主席决定扩大《参考消息》的发行，他想得多么深，看得多么远，气魄胆略又是多么大。他的主张，我认为，总起来一句话，就是大胆开放，开放大吉。现在，开放已成了我国的国策，《参考消息》自然更应该开放，扩大开放。

毛主席说，扩大发行《参考消息》，“目的就是把毒草，把非马克思主义和反马克思主义的东西，摆在我们同志面前，摆在人民群众和民主人士面前，让他们受到锻炼。不要封锁起来，封锁起来反而危险。”又说，“要见世面，要了解国际情况，了解敌人情况。”“有人说，这样会乱，不会乱的。不这样做，会把我们关在房子里，把眼睛封起来，把耳朵封起来，那就很危险。”现在我们广开大门，登上世界舞台，形势千变万化，斗争错综复杂，到处有毒草，我们更要让大家了解国际情况，了解敌人的情况，了解各种各样反对我们的东西，接触各种毒草，以受到锻炼，增强辨别能力。毛主席要求《参考消息》所起的作用，现在不是不适宜了，可以减弱了，而是应该大大加强。由于开放，现在许多人可以从多种渠道了解国外的情况，接触各种思想言论。但能接触了解的人仍是很少数，了解的情况也有极大的局限性，特别是难于掌握真正重要的情况，了解与我们利害关系重大的思想言论，更难做到全面准确。因此，在开放的新形势下，并不减轻《参考消息》向大家提供“消息”的任务。

我想，《参考消息》应该及时帮助广大读者了解那些能反映国际动向的信息，了解能代表国际上各种势力对我国的立场、观点和态度的信息。这些信息一般是不宜在我国报刊广播电视上发表的，或是略而不详的。我想引周总理讲的一段话，“还有一个特点，即如果我们驳斥一篇东西，不论是苏联的还是其他国家的，我们一定同时发表其原文，使我们的人民也看到。不然，人民看不到，怎么判别是非呢？”现在我们批驳的东西不少，报纸上详细刊登被批驳的东西不多，有的当然也不可能多登，《参考消息》似可多登些。

1957年2月，中央书记处在邓小平同志主持下，曾专门讨论了新华社的工作。邓小平在讲到《参考消息》时说，"《参考消息》扩大发行后，对所刊问题，在一定时期要加以综述。如美国经济问题，共同市场问题，在介绍了各方面的意见后，有观点地加以短评，这就没有害处了。这样的消息，地方报纸是喜欢的。出了《参考消息》，一定要有指导。这件事新华社一定要做。"小平同志的指示精神，今天也是适用的。

当时毛主席关于《参考消息》扩大发行所讲的话，今天仍有十分重大的意义。应坚持执行扩大发行的初衷，并按照周总理和小平同志的指示精神去做，公开报道和参考消息密切配合呼应，这对锻炼人民的辨别是非能力，提高人民的思想认识水平，更好地宣传和贯彻我党的路线方针政策，将发挥重大的作用。《参考消息》将受到极大的欢迎。

新华社也应该是世界人民的耳目喉舌
——贺建新华通讯社海外分社 60 年

今年是新华社驻外机构建立60年。这是一件非常值得庆贺的事。60 年来，新华社海外分社由一两个，发展到今天在全球 102 个，发挥着它越来越大的作用，很了不起。

新华社担负着国家对世界联系接触和扩大影响的任务。香港分社的建立，可说是新华社作为我党走向世界的先锋的一个里程碑。毛主席于 1955 年提出要新华社“把地球管起来”，更明确和强调了新华社要担负起为党和新中国走向世界开辟道路的任务。我记得，1960 年我率新闻代表团访问拉美国家时，还没有一个拉美国家和我国建立外交关系，周总理就提出，凡是新华社能去的地方先让新华社去。

现在我国不断扩大开放，越来越深入地参加到国际社会中去。一方面，由于中国的迅速发展，在国际上的影响越来越大，吸引着大大小小的许多国家，他们想更多更深地了解中国，发展同中国的关系；另一方面，由于国情的不同，相互了解不足，也必然会对我国产生种种疑虑误解、磨擦矛盾，以至国际上一些反华势力肆意对我污蔑诽谤。已成为世界性通讯社的新华社，现在和将来，显然要为党和国家继续扩大开放、参加国际社会担负起更加重要的开路先锋作用。

新华社的开路先锋可比作过去八路军行军打前站的。他们走在队伍最前面，了解情况，和老百姓接触，相互沟通，避免误会，安排宿营等事宜。过去老百姓怕军队，见军队就躲。但八路军声誉好，打前站的说明情况，纪律严明，同老百姓打成一片，老百姓就不惊慌，而且欢迎八路军。

新华社作为开路先锋，在作战中侦察敌情，首先迎战敌人，为主力部队全面推进开辟道路。比如最近西方，主要是美国，大肆攻击我国支援非洲不附带政治条件是搞“新殖民主义”。还攻击我们贸易顺差，损害了美国人民的利益。像这类问题，新华社作为先锋，会首先接触，并会首先迎战。可以利用分社的力量，采访专家学者，收集材料，加以驳斥。我国对非洲的支援，不是今日才开始，半个世纪以来一直如此，不附带政治条件。事实证明，我们是真心实意地帮助了非洲人民。而西方强加的附有政治条件的所谓援助，给非洲人民又带来了什么？西方自诩“悲天悯人”，打着帮助非洲的旗号，搞所谓援助已上百年，为什么非洲还是今天这样的贫穷落后？最近一个突出的问题是苏丹达尔富尔问题。我在昨天《人民日报》上看到，中国政府达尔富尔问题特使刘贵今说，苏丹这个问题不是种族屠杀，而是因为这个地区经济落后，部落之间发生的经济冲突。我们国家对他们提供了人道主义的物资援助，帮助基础建设。我想新华社就可以首先把这些情况向国内、国外介绍，让世界人民都了解。关于中国贸易顺差，是否就是损人利己，利了中国，损害了美国？事实是双赢。对中国有利，对美国人民也有利，他们买到了物美价廉的商品，省了钱，改善了生活。况且我们出口到美国的货物中有许多是投资中国的美国公司的产品，美国公司赚了不少。在这样一些斗争中，新华社可以首先介绍情况，以配合我国的外交、外贸工作。

充当开路先锋，还可以避免让主将一下就冲在最前面，有利于斗争。比如说第二次中美战略经济对话，新华社就可以起到这样的作用。美国媒体在战略经济开始对话前大发议论，就是为美国主将出马配合帮腔的。新华社开路先锋的作用比过去更加重要，而且任务也更加繁重。

作为世界性通讯社，新华社的作用是耳目喉舌。不仅是中国人民的耳目喉舌，也应该是世界人民的耳目喉舌。我国正在建设中国特色社会主义，走着世界共他国家没有走过的道路，在各个方面都有自己的特色。作为世界性通讯社，新华社也有它与其他通讯社不同的特色，应该大大发挥它的特色。

作为中国特色社会主义的世界通讯社，新华社要为中国人民的利益服务，也为世界人民的利益服务。作为耳目，要能透过现象，抓住本质，看到和反映其他特别是西方通讯社看不到、不愿看到或者加以扭曲掩盖的事实。作为喉舌，要对发生的各种事物，表达中国和世界广大人民客观、全面、准确、正确的看法和公正的主张。新华社就是要以此与其他世界性通讯社相抗衡而立于不败之地。

新华社进城不久曾提出，新闻要短快多，后来觉得仅靠短快多不能解决问题，还要好。就像我们现在对外贸易一样，仅便宜不行，还要质量好、创新、先进。新华社作为世界性通讯社，与其他通讯社抗衡，也不能只是多、快，更要好、有特色。这个好和特色，就是能反映其他通讯社不能反映的事实，而且做到客观、全面、准确、正确、公正，是最有利于中国和世界人民的。

现在中国正处于重要的战略机遇时期，既面临良好的机遇，也面临严峻的挑战。我深信，新华社将独树一帜，充分展现自己的特色，为中国的发展和世界的进步作出越来越大的贡献。

做合格的对外宣传工作者
——贺中央外宣办《青年通讯》创刊*

热烈祝贺中央外宣办《青年通讯》创刊发行。希望它将成为外宣办青年同志互相切磋，成长为合格的、优秀的对外宣传工作者的园地。

成为一个合格的外宣工作者，我认为应该具备一些基本条件。首先，需要有正确的价值观，或者叫人生观，或者叫理想。一个人怎样活着才有价值？价值有高有低。有人认为个人能发财，过阔绰的生活才最有价值，有人则认为能为人民、为社会、为国家服务，作出贡献才最有价值。只图个人发财，不顾他人，常言叫作自私自利、个人主义。中国自古以来，以杨朱不拔一毛以利天下为可耻，而以忧天下之忧、乐天下之乐为可贵。为人民服务是革命者本色，周恩来总理生前衣服上总是挂着“为人民服务”的徽章。

* 此文发表于中央对外宣传办公室机关团委刊物《青年通讯》2008年第1期（创刊号），并被《对外传播》2009年第5期转载。

作为一个对外宣传工作者，他的职责就是为了我们国家和人民的利益服务。作为一个马克思主义者，还关心世界人民的利益。因此必须处处为国家和人民的利益着想，不能有私心杂念、把个人的利益放在第一位。否则必然损害国家人民的利益。值得注意的是，为了建设中国特色社会主义，根据中国实际，我国鼓励一部分地区和一部分人先富起来，带动未富，逐步达到共富。先富只是手段，目的是共富。有一些人却把先富当作目的，一心只为了先富、个人利益第一。结果是害了国家人民，也害了自己。我是多年做新闻工作的。刘少奇同志在1948年对华北记者团的谈话我一直记着。谈话中有一段话说，“你们的工作做好了，党和群众会报答你们的。但是这是结果，不能当作目的去追求。如果你着急，马上想搞一个全国出名，那只能是‘客里空’。”（注：“客里空”是苏联剧本《前线》中的一个惯于捕风捉影、捏造事实的新闻记者。后来我国新闻界借以泛指那些脱离事实、虚构浮夸、说空话的新闻报道作风）我想，这话不仅适用于记者，也适用于一切工作，包括对外宣传。

要做好对外宣传，还必须有正确的思想方法。这就是要很好学习和掌握唯物辩证法。我们面对的是国内外纷繁复杂的事物，既要正确了解自己，又要正确了解外国。对于国内，有党和政府的领导，我们天天生活在这里，应该说比较容易了解。但是时刻在发生许多新情况新问题，有些需要很快对外说明和表态，要正确掌握就不容易。即使是日常的宣传，哪些是我们最要对外宣传的，哪些是对外最有吸引力的和最有说服力的，要分辨清楚也要费一番功夫。至于对外国，我们要正确了解自然更不容易。而更难的是，我们不仅要了解他们，还要让他们了解我们。这就是常说的，不仅要认识世界，还要改造世界。要做到这样，只有依靠唯物辩证法。如果主观主义、形而上学，那必然碰壁犯错误。毛泽东说，“研究问题，忌带主观性、片面性和表面性。所谓主观性，就是不知道客观地看问题，也就是不知道用唯物的观点去看问题。”“所谓片面性，就是不知道全面地看问题。例如：只了解中国一方、不了解日本一方……一句话，不了解矛盾各方的特点。这就叫片面地看问题。或者叫只看见局部不看见全体，只看见树木不看见森林。”“表面性，是对矛盾总体和矛盾各方的特点都不去看，否认深入事物里面精细地研究矛盾特点的必要，仅仅站在那里远远地望一望，粗枝大叶地看到一点矛盾的形相，就想动手去解决矛盾（答复问题、解决纠纷、处理工作、指挥战争。）”（《矛盾论》）毛泽东又说，“你试试离开实际调查去估量政治形势，去指导斗争工作，是不是空洞的唯心的呢？这种空洞的唯心的政治估量和工作指导，是不是要产生机会主义错误，或者盲动主义错误呢？一定要弄出错误。”（《反对本本主义》）

做好一个对外宣传工作者，还必须具备广博的知识和熟悉宣传业务。对外宣传面对的可说涉及古今中外、天上地下、自然人间无所不包，需要有广博的知识。当然我们不可能一下就做到，而且不断有新情况、新问题、新知识，只有不断学习，在干中学，同时多请教别人，所谓活到老、学到老。宣传业务水平高低直接关系宣传的效果。要不断提高表达能力。特别是对外宣传，对象是和中国人不同的外国人，需要尽可能采取他们习惯和喜闻乐见的方式。不仅要有针对性，还要有信服力。

此外，现在宣传手段多种多样，有传统的，有非传统的，我们也需要能善于运用这些手段。作为一个对外宣传工作者，不仅自己能宣传，还应该能推动和组织宣传。

最近胡锦涛同志在党的十七大报告中提出，要坚持对外开放的国策，拓展对外开放广度和深度。这加重了对外宣传的任务。作为具体负责对外宣传的每个工作人员必须加紧努力，提高自己的能力，以适应任务的需要。《青年通讯》的创刊发行，是一个有力措施。

祝《青年通讯》不断取得成功。

第五部分

文化杂谈

加强对外文化交流 汲取世界先进文化

为什么必须对外文化交流，应该从实行对外开放、建设中国特色社会主义的高度来看待这个问题。只是政治建设、经济建设，没有文化建设，不可能建成中国特色社会主义。

任何一个新社会，都是与一个新的文化相伴随而产生的。没有新的文化，就不可能建立新的社会。奴隶社会必有奴隶主义文化，封建社会必有封建主义文化，资本主义社会必有资本主义文化。社会主义社会也一样，中国特色社会主义也必然伴随有相应的新的文化。

中国新的文化是怎样形成的呢？是在批判继承中国的传统文化基础上，又广泛汲取外国的各种优良文化的结果。在千年前，苏东坡感叹说，“譬之于乐，变乱之极，而至于今，凡世俗之所用，皆夷声夷器也”。现在，这些夷声夷器不就成了中国音乐的组成部分了吗？没有这些夷声夷器，可说就没有今天的中国音乐。

从废除科举兴学校，到掀起“五四”新文化运动，从引进资本主义思想，到传播马克思主义，终于形成新的中国文化。没有这种新的文化的形成，不可能有新的中国。现在建设中国特色社会主义，又必须和政治、经济一样，在文化方面开展对外交流，在发扬我国现有优良文化传统的同时，继续广泛汲取世界一切先进的文化成果。这是有关我国能否顺利建设中国特色社会主义的重大问题。

开展对外文化交流，当前最重要的问题还是要按照邓小平理论，解放思想，实事求是。对于西方资本主义文化，过去是一概否定排斥，现在已有改变，但仍然有影响。另一方面，又发生另一种倾向，一切照抄照搬。因此，必须解放思想，从两种错误思想倾向的束缚中解放出来。

必须在继承旧社会的基础上发展新社会

列宁说："应当明确地认识到，只有确切地了解人类全部发展过程所创造的文化，只有对这种文化加以改造，才能建设无产阶级的文化，没有这样的认识，我们就不能完成这项任务。无产阶级文化并不是从天上掉下来的，也不是那些自命为无产阶级文化专家的人杜撰出来的，如果认为是这样，那完全是胡说。无产阶级文化应当是人类在资本主义社会、地主社会和官僚社会压迫下创造出来的全部知识合乎规律的发展。"(《列宁选集》第四卷第348页)

又说："马克思主义这一革命无产阶级的思想体系赢得了世界历史性的意义，是因为它并没有抛弃资产阶级时代最宝贵的成就，相反地却吸收和改造了两千多年来人类思想和文化发展中一切有价值的东西。只有在这个基础上，按照这个方向，在无产阶级专政（这是无产阶级反对一切剥削的最后的斗争）的实际经验的鼓舞下继续进行工

作，才能认为是发展真正无产阶级的文化。”（《列宁选集》第四卷第362页）

无产阶级文化是如此，整个社会不应该也是这样吗？新社会不应该也不可能完全抛弃过去，而只能在吸收和改造几千年来人类社会发展中一切有价值东西的基础上建设和发展。

“伟大的诗人总是和社会站在对立面”？

（2002年12月）

一种主观片面的理论如果装作客观规律提出来，有时还很容易迷惑人。比如，有人说，“历来伟大的诗人总是和社会站在对立面的”。初看，也有些道理。解放前，中国几千年的历史中，伟大的诗人或作家，有几个是和当时的社会站在一起的？但是这种理论终究是站不住的。其片面在于脱离了历史实际。

过去有历史记载的社会是什么社会？都是人剥削人、人压迫人的社会。一个伟大的诗人或作家，当然要站在这种社会的对立面，而和人民站在一起，不满和反对这个社会。否则，他还有什么伟大呢？而现在的中国已经完全变了，人民成了社会的主人。那么，一个伟大的诗人或作家，怎么能站在这个社会的对立面呢？站在对立面意味着什么呢？就是反对人民当家作主的社会，也就是反对人民。反对人民的诗人或作家，是什么伟大呢?

当然，社会主义社会也有种种缺点、阴暗面，一个真正的诗人、作家自然要批评和与之斗争。但是，这是和社会站在一起来批评和斗争，和人民站在一起来批评和斗争，而不是和社会站在对立面、反对这个社会。这是为了维护和发展这个社会。

关于“双百”方针

（2008 年）

在思想宣传领域，我们坚持百花齐放，百家争鸣。但对于这个方针如何理解？一般容易说成就是“放”和“鸣”，也就是容许大家能畅所欲言。这是这个方针的主要方面，但它不是毫无条件，毫无界限。

百花齐放，花一般都是美丽的，赏心悦目的，因此只要是花就可以放。但是自称是花而实际不是花，或者冒充花，能不能让其鱼目混珠和真正的花同样一起放呢？显然不能。因此百花齐放仍然是有条件、有界限的，要有批评、甄别。

百家争鸣，鸣与花不同。鸣有莺声燕语，悦耳动听，也有驴叫狼嚎，令人不忍卒听。还有噪音、声音污染，有害健康。因此不能齐鸣，而必须争，要分出个优劣，优胜劣汰，并不断促进提高。否则，好坏同样一起鸣，会造成什么后果呢？

1980年4月1日，中央宣传部讨论当前社会思想倾向问题。胡乔木同志说，“双百”能否概括我们的方针？从实践来看，这带来什么后果？毛主席指出，一定要保持马列主义的指导。这两年不大提了，这就会与自由主义分不清。“双百”不是我们唯一的方针，那样中宣部可以睡大觉。

讨论中，一些同志认为，百家争鸣，有如民主，是目的，也是手段。争，总要争出个优劣对错，然后才能发展。要反对听之任之，这不是“双百”，是自由主义。

关于理论和政治学习

（1983年）

目前文艺界的一个严重问题，是没有树立学习马列主义和中央指示的风气和习惯。讲业务有兴趣，讲政治和理论厌烦。其实，每个人都有自己的理论和政治，对于国家和社会的事情，都有自己的看法，发表自己的议论。究竟对客观上发生的重要事情应该怎么看，运用马列主义来分析，应该说，会更正确些；党中央应该说会比自己看得更深更远更全面些。不关心、不学习，自己随意发一通，这种自以为是，对国家、对人民、对自己都没有好处。

学以致用

学以致用，对不同的人有不同的用处。有人是用以获取个人的名利、地位和金钱。他们可能博闻强记，掌握许多名词，旁征博引，但并不是为了解决人民关心的实际问题，而是炫耀自己，吓唬别人。他们多半是哗众取宠的教条主义者。他们把学习只看作是个人的私利，而不认为是为国家和人民服务的义务。

另一种人对于学以致用也用以达到个人的目的，就是成为有崇高理想、高尚道德情趣、知识丰富、办事能力强的人。但这不是终极目的。最终的目的是能更好地为人民服务。这种人多半是解放思想、实事求是的马克思主义者。他们把学习不仅看作是个人的权利，而且是人人应该尽的义务。

士为知己者死

（2007年）

中国知识分子有一个优良传统，就是重视自己的学识，不屑追逐名利。所谓士为知己者死，就是只要自己的学问能为人所尊重，其他都不在乎，甚至生命都可献出。

为什么在我国物质生活条件十分困难的情况下，许多专家学者仍然呕心沥血，在许多领域作出了重大贡献，除为了崇高理想外，自己的学问受到尊重，这也是一个重要原因。当然，这不是说可以忽视知识分子的物质生活。相反，必须十分重视，才更有利于知识分子发挥更大的积极性。国家发放特殊津贴，虽然杯水车薪，也是礼轻情意重吧！

说话和民主

人人都要求能说话，这是为了要表达自己的意见和要求。如果只是要说话，而不是为了要表达和沟通，那么要说话又有什么意义？

民主也一样，人们要民主是为了要表达和实现自己的意见和要求。如果只是要民主，而不讲要达到什么目的，这又有什么意义呢？

中国人民一贯要求民主。在封建统治时期，人民要求民主，是为了推翻封建统治；在国民党统治时期，人民要求民主，是为了抗日救亡，和平建国；新中国建立后，人民要求民主，是为了国家振兴，社会进步，共同富裕。如果民主不是为了实现人民的这些要求，那么民主又有什么意义？

是不是民主，不在对民主喊得多响，要看达到什么要求。

有些人只高唱民主，却不讲他的目的，对这种人就必须十分警惕。

关于不民主

（2007年）

不允许个人提意见，不尊重个人保留意见的权利，这是不民主。

但是个人没有作主的权利，人人都要作主，那不是专制独裁，就是天下大乱。

民主只能是按照多数人的意见办，也就是多数人作主。作主，就是大家都要服从，也就是少数服从多数。

所谓允许个人保留意见的权利，是有权在服从多数的条件下保留自己意见，并可以在一定的场合继续发表自己的意见。而不是允许不服从或公开鼓吹反对多数人的意见，也就是违反多数人的决定。

不遵守少数必须服从多数的规则，自行其是，这同样是不民主。

现在有些人打着人人有提意见权利的旗帜，公然煽动反对绝大多数人的决定，这不是民主，而是大大的不民主。

个人迷信和党内民主

过去二十年间所犯严重错误，与个人迷信和党内民主被破坏有重大关系。（我认为，用词“个人迷信”比“个人崇拜”比较贴切。崇拜并不一定是坏事，不应完全否定，而迷信则必然是坏事。）过去每当发生重大错误时，并不是没有正确的或比较正确的意见，而且不是出于一般人，而是出于中央领导人。这说明这些错误不是绝对不可避免的。但是这些正确意见不仅未被采纳，反而受到压制和打击。这与个人迷信有关，与党内民主被破坏有关。否则，不迷信，党内民主生活比较健康，即使正确主张不被接受，也不至于受到打击，因而也有可能得到较早纠正。许多人当时受到巨大压力，被迫作了检讨或受到处分，这使错误一发不可收拾。

个人迷信涉及迷信者和被迷信者两方面。个人陷入迷信，即变得极为愚昧。被迷信者迷信自己，即发生独断专横。两者结合起来，就会形成狂热，造成灾难。迷信者和被迷信者之间，被迷信者起决定作用。如被迷信者不迷信自己，就会对迷信者起遏制作用，不至于形成群众性的狂热。

个人迷信，必然破坏党内民主，破坏民主集中制。防止个人迷信，主要在于坚持和发扬党内民主。必须建立硬性的党内民主制度。

执政党和人民

我们党成为执政党后，和人民的关系有“变”和“不变”。党是代表人民利益的，这个根本性质没有变。但是，过去没有执政，无权，现在执政，有权。过去，不尊重人民，不依靠人民，不接受人民监督，党就存在不了。现在，就可以不尊重人民，不依靠人民，不接受人民监督，一时还倒不了台。这是变了。

然而，如果真是变了，那结果就一定倒台。

必须明确自己的身份。国家的主人是人民，是人民当家。党是代表人民执政，是人民的仆人，或者是管家。党必须一切听从主人，按照人民的意志办事，不能主仆颠倒，把身份搞错了。

党政分开，实质是党和人民的关系问题。除了在党内，党无权向任何人发号施令。

党的领导是在于能通过宣传，使人民接受党的主张，并通过党组织的努力，能把人民团结起来，为实现党的主张而奋斗。党无权命令党外的任何人或任何组织必须接受和执行党的主张。

党与政

党要领导政，但党不能代替政。党的领导不能代替人民民主专政，成为党的专政。

斯大林说，列宁曾讲过，“我们是执政党，所以我们不能不把苏维埃的‘上层’和党的‘上层’融成一体，现在是这样，将来也是这样。”“可是列宁决不是想借此说，我们所有一切苏维埃机关，例如我们的军队，我们的运输机关，我们的经济机关等等，都是我们党的机关，党可以代替苏维埃及其支脉，可以把党和国家政权等同起来。”不弄清这个问题，就会“默认可以把党的威信建筑在对工人阶级使用暴力的基础上”，就会得出“无产阶级专政就是我们的领袖专政”的结论。就是“一、向非党群众示意，千万别辩驳，千万别议论，因为党是无所不能的，因为这里是党专政；二、向党的干部示意，干得大胆些吧，压制得厉害些吧，不倾听非党群众的呼声也是可以的；三、向党的上层示意，大可以自满自足了，甚至可以骄傲自大了，因为我们这里是党专政，因而也就是领袖专政。”

加强党的领导，根本在密切联系群众。斯大林说，“正确地表现人民所意识到的东西——这正是保证党在无产阶级专政体系中起基本领导力量这一光荣的必要条件”。

斯大林说的是完全正确的。

有困难要向人民说明

毛泽东在1949年中央人民政府委员会上说："我们的财政状况是有困难的。我们必须要向人民说明我们的困难所在，不要隐瞒这种困难。但是我们同时也必须向人民说明，我们确实有办法克服困难。我们既然有办法克服困难，我们的事业就是有希望的，我们的前途是光明的。"

"若要人不知，除非己莫为。"过去尚且如此，更不要说现在信息科学如此发达，特别是与广大人民群众相关的事情，怎能隐瞒得住？1959年"大跃进"后发生巨大困难，要不要向群众交代？邓小平在庐山会议前6月5日的中央书记处的会上主张讲，他说，"向群众讲了真话，心情舒畅，才能鼓足干劲。"

"文化大革命"后，百弊待除，但有许多事实际上办不到。如报纸提出，黄浦江污染要解决。1980年11月17日中央书记处讨论时，按当时计算，要28亿到30亿元。而当年真正用于工业基建的投资只有80亿元。在这种情况下应该如何处理？不反映人民的要求不对，反映而不说明情况也不对。最好办法还是有困难如实告诉人民。

国家有困难必须向人民说明，隐瞒是不利于克服困难的，也是隐瞒不了的，而且常常只会增加人民的疑虑。说明困难，同时提出怎样克服困难的办法，人民才容易相信你的办法。否则，不说明困难的情况，只是说你有办法，甚至把办法讲得很详细具体，人民难以判断你的办法是否真能克服困难。过去老中医看病，一定先要写明脉案，然后开出药方，这样，把病情说清楚，人们就容易辨别和相信你下的药是否对症下药。

“趁共产党还糊涂”

改革开放开始，流传一句话：“趁共产党还糊涂”。其实，当时共产党并不糊涂。

中央书记处为了打击贪污腐败、走私贩私，曾专门讨论了这个问题。在1982年1月11日的会议上，就提出“确实是烂掉了一批”。

一个月后，书记处又讨论了一次。当时引述中国社会科学院农村经济所的调查材料，4%的冒尖户，其中20%是不正当收入。

为什么这个问题并没有解决？当时会上曾指出，“灵活措施与走私贩私的界限划分不清。”这是一些违法乱纪分子能钻空子的重要原因。其实，不仅是走私贩私，在许多方面存在这一问题。这是在改革开放中不可避免的。既然一时界限划不清，就会投鼠忌器，难以下手。

如何在政策上、法律上能尽早尽快划清合法和不合法的界限，这是领导糊涂不糊涂的关键。

艰苦奋斗和社会主义

一个时期，不大提艰苦奋斗，似乎一提起就是极“左”老观念。于是讲排场、摆阔气成为时尚。为什么竟然把艰苦奋斗这种千古不移的美德看作保守落后呢？

穷不是社会主义。以穷为荣不是社会主义的价值观念。社会主义要求共同富裕。“四人帮”的那种认为保持贫穷不变才革命是绝对的荒谬。要共同富裕，就必须艰苦奋斗。还没有摆脱贫穷，就不要艰苦奋斗，甚至鄙弃艰苦奋斗，那还有什么可能富？

艰苦奋斗是手段而不是目的，是达到社会主义共同富裕的必要条件，而不是为艰苦奋斗而艰苦奋斗。达到共同富裕不可能一蹴而就。艰苦奋斗是要不断地努力，这样将生活水平改善后再改善，提高后再提高。

即使到了共产主义，也还要艰苦奋斗。因为新的情况发生了，更高的目标提出来了，又要攀登人类社会新的高峰了，这就还要艰苦奋斗。如果到了人人饱食终日，无所用心，整天优哉游哉的境地，那么这个社会也就要灭亡了。

政治和经济的关系

有一些常常引用的概念必须分清楚其含义。

经济是基础，政治是上层建筑。经济基础决定上层建筑。

“政治与经济相比，不能不占首位。”“少搞些政治，多搞些经济。”（列宁）

由于对这些概念不分清，搅混在一起，于是不少人就容易受林彪所谓政治可以冲击一切的迷惑。相反，也有人走到另一极端，认为只要抓经济，不要抓政治，也不要政治思想工作。

经济基础决定上层建筑政治，这讲的是两者之间的客观规律，经济决定上层建筑政治，政治也反作用于经济基础。不能理解为只要抓了经济，就可以不要政治。

多搞些经济，少搞些政治。这是就实际工作来说。就是应多抓经济方面的问题，少抓政治方面的问题。而政治与经济相比不能不占首位，与多搞经济、少搞政治，是两个不同的问题。托洛茨基曾认为列宁自相矛盾。列宁反驳说，“自然，我在过去、现在和将来，都希望我们少搞些政治，多搞些经济。但是不难理解，要实现这种愿望，就必须不发生政治上的危险和政治上的错误。”一个是多少问题，一个是先后问题。这就是与政治相比，要多搞经济；而要搞经济，首先要政治正确。

政治和经济不可截然分开。经济是基础，政治是上层建筑。经济影响政治，政治也反过来影响经济。当政治妨碍经济的时候，解决政治问题就成为首要。当政治妨碍已排除，经济就成为人民主要问题，这时候，不解决经济问题就成为政治问题。

在中国革命胜利前，人民生活极端困难，这是帝国主义、封建主义、官僚资本主义造成的，要翻身，首先要推翻这“三座大山”，也就是必须解决政治。当革命已经胜利后，必须根本改善人民生活，经济就成为首要的问题。不解决这个问题，就影响整个社会进步。这时经济也就成为政治问题。

十一届三中全会上，对于全国工作中心转为经济建设，一些同志长期受突出政治的影响，对此有怀疑，认为这是不是不讲政治了。在会议的讨论中我引用了列宁的一段话：“但是如何理解政治呢？要是用旧观点来理解政治，就可能犯很大的严重的错误。”“在资产阶级世界观的概念中，政治好像是脱离经济的。”“我们走向战胜白卫分子的每一步都会使斗争的重心逐渐转向经济方面的政治。”“现在我们主要的政治应当是：从事国家的经济建设，收获更多的粮食，供应更多的煤炭，解决更恰当地利用这些粮食和煤炭的问题，消除饥荒，这就是我们的政治。”（《列宁选集》第四卷第370～371页）这段话因为出自列宁，很有说服力。

难免论

（2008年）

难免论常被作为犯错误的借口，似乎是个贬义词。但是难免又的确是常事，要做什么事都不犯错误是不可能的。而且要是那样，那就只能墨守陈规，故步自封，什么也不敢干。因此，难免论可以成为鼓励敢于创新的褒义词。

比如，要解放思想，就用得着难免论。否则，就什么也不敢想。

建设中国特色社会主义，这是前无古人的事，谁也没有走过这条道，要一点儿岔道不走，笔直向前，完全不可能。有一些人，借口出了一些毛病，就根本否定这条道。为了批驳这些人，就不免要用上难免论。

好事常不免随着坏事。比如要发展工业，随着就很可能产生环境污染问题。中国要发展，就要让一部分人先富起来，这就产生贫富差别问题。像这些事情，在一个时期内是难以完全避免的。

因此，难免论是有积极意义的。但是这种积极意义又只表现在犯了错误就总结经验教训，积极寻找正确道路。或者知道会有副作用，那就必须紧跟上解决弊病的措施。否则，难免论就又成为掩盖错误落后的消极性的东西。

放与收

（2006年）

放，是坚持不渝的。一遇到什么事，有人就说是收了。但他们总是错了。

放，原是有界限的。出格就要限制，或者说，这原是不允许放的。

总说要收了的人，或者不了解放的意思，或者就根本反对放有什么界限。

放，不要界限，那就必然乱，不可收拾。有人要求的放，就是希望乱，以利乱中推翻社会主义制度。

平衡与不平衡

平衡是暂时的，要不断被冲破，这是前进规律。对这一论点在当时和以后很长时期认识有偏差，形成不要平衡的思潮。这在实际工作中造成很大危害。

事物在运动中发展，运动总是由平衡到不平衡再到平衡不断反复。只有平衡，不冲破平衡，不能发展；只有不平衡，不能达到平衡，也不能发展。这是事物发展规律。违反这个规律，只要不平衡，不许平衡，以为这就可以不断发展、加快发展，这是主观主义，必然事与愿违，适得其反。

平衡是暂时的，有没有一个平衡的时间？还是永远处在不平衡状态？人走路，总是一脚在前，一脚在后。必须前脚站稳后，后脚才能起步，前脚未站稳，后脚就起步，除非跳跃，否则必然摔倒。就是跳跃，也必须两脚落地站住后才能再跳。脚站稳，这才算前进和发展；摔倒了，那还有什么前进和发展？

主观与片面

想得很好，讲得也头头是道，但实际完全不是那回事。只看到有利的一面，有利也是事实，但没有看到不利的一面，而不利也是事实，而且是更大的事实。

办公社、吃食堂，造成巨大损失，事后看，是难以理解的，可是当时却是摆出了很多道理，振振有辞的。如办食堂，很多好处，最大好处是节约劳力，有利于生产。原来家家户户要做饭，现在就可以把妇女解放出来从事生产。提高劳动生产力，保证劳动时间。保障生活，可以集中力量战胜困难。可以成为集体生活的组织者，宣传教育的中心场所。这很有道理，也是一方面的事实。但实际上却远不是那回事。

据湖南郴县公平公社的调查，每个食堂需拨出三个男劳力：一个搬运，一个种菜，一个管理。妇女参加集体劳动，破坏了家庭副业，喂猪无时间、无泔水、无猪草。影响家务，如做鞋、缝补，买一双鞋需好几元。对于这些，集体生产无法弥补。此外，每户住家远近不同，吃饭花时间。饭不合意，影响情绪。家家不能养猪，不仅收入减少，肥少、地瘦。这些却没有想到、看到。

战国时赵国的赵括，大概就是犯了这个毛病，对打仗，讲得头头是道，真到了战场，全军覆灭。

真实与虚假

（2009年4月）

真实与虚假，真总是实的，假总是虚的。一字说透。

实情、实意、实干、实话、实至名归……，都是说真。虚情、虚夸、虚伪、虚荣、虚张声势……，都是说假。

真是实的，有边有沿，有时间和空间条件，看得清摸得着；假是虚的，所谓不着边际，无时间和空间条件，看不清也摸不透。

真，总是实的、具体的，越清楚越显真；假，总是虚的、抽象的，越含糊越不露假。

比如，人，有血有肉、脚踏实地，能耐有限；神，空灵飘渺、高踞云端，无所不能。

又如，药，真的，总是明确说明治哪些疾病，疗效是有限的；假药，常常说得包治百病，药到病除。

真道理和假道理也一样。真道理是有时空条件的、具体的，是有限制性的，所谓真理越过一步，就成为荒谬；

假道理是无任何时空条件的、抽象的，十分玄乎，具有古今中外的无限普适性。

对鼓吹无所不能的神，包治百病的药，古今中外都普适的理，不仅不能上当，还必须提高警惕，是否背后还隐藏着什么意图。

为什么真总是实的？为什么假总是虚的？很简单，真无需弄虚，假却不能从实。

从原则出发还是从实际出发

一切必须从实际出发。但是人们又常说，必须坚持原则。然而坚持原则还是必须符合实际。

“原则不是研究的出发点，而是它的最终结果。不是自然界和人类去适应原则，而是原则只有在适合于自然界和历史的情况下才是正确的。这是对事物的唯一唯物主义的观点。”（《反杜林论》）

和解

和解的意思就是和平解决。怎样是和平解决呢？俗话说，君子动口不动手。动口就是对话，动手就是对抗。动口是讲道理，以理服人。动手是以力服人。以理服人，人才心悦诚服，达到和解。以力服人，只能是一时的屈服，或是激化矛盾。对于人民之间和国与国之间的矛盾，应该和解，用对话的办法而不能用对抗的办法来解决。

和解，就要讲道理。讲道理，首先就要相互平等相待。不平等相待，居高临下，以法官自居，以教师自居，那就会是审问、训话，那就不可能和解。

和解是双方的事，双方都要抱平等和解的态度。但是矛盾双方总有一方是主要方面，主要的一方要起主导作用。

强者和弱者之间的矛盾，强者是主要方面，强者应主动持和解态度，讲道理。比如，男女不平等的矛盾，一般男方是主要方面，应当起主导作用，首先持和解态度，讲道理。为了改变男女不平等状态，中国强调反大男子主义，而把妇女看作“半边天”。又如，主体民族和少数民族之间的矛盾，一般主体民族是主要方面，主体民族应该首先持和解态度，讲道理。为了民族团结，中国历来首先强调反对大汉族主义。只有主体民族首先平等对待其他民族，才能赢得其他民族也平等对待主体民族，达到民族大团结。有理一方和无理一方的矛盾，有理一方是主要方面。有理一方更可以高姿态，持和解态度，讲道理。如果得理不让人，强迫别人接受，那就会适得其反。

革命与复辟

革命与复辟两者的意思原是很清楚的。推翻旧社会旧制度是革命，恢复旧社会旧制度是复辟。西方资产阶级推翻封建社会制度是革命，后来一些国家的封建势力又恢复旧制度，这是复辟。在中国，孙中山推翻帝制，建立共和，这是革命；袁世凯取消共和，恢复帝制，这叫复辟。

资本主义制度已建立几百年，推翻它，建立社会主义制度，当然是革命。但是现在在一些人来说，情况却相反。他们要推翻中国的社会主义，实行资本主义，却把自己称作进步派、革命派。究竟坚持社会主义是革命还是恢复资本主义是革命成了问题。对于这些人，“复辟派”这顶帽子是最合适。

保守和改革

保守和改革的意思似乎是明确的。但是实际并非如此。

比如,现在中国建设中国特色社会主义,但是腹背受敌。一方面认为现在的改革不是真正的改革,应该更加彻底。另一方面认为现在的改革是要走资本主义道路,不能说是改革。

那么,依照他们的意思,怎样才是改革呢?

一种认为要真正彻底改革,就要把社会主义改成资本主义。另一种认为,要改革就应该回到无产阶级专政下继续革命。

究竟是哪个保守,哪个改革?

如果说,创新才是改革,后退是保守,那么,走中国特色社会主义道路,是真正开创前人没有走过的新路,是改革。而无论是认为改革就要实行资本主义,或者认为改革要重新实行无产阶级专政下继续革命，实在都是真正的后退保守。只是后者是退到改革开放前，而前者则退得更远，是回到解放前。

不可泄气

（2008年）

打球，要有啦啦队，可以为球队鼓气。但是最能为球队鼓气的，是能进球。而最让人泄气的是进不了球。

在实际工作中也一样。有成绩、打胜仗，气就足；受挫折、打败仗，就泄气。因此，气要足，既要鼓气，还要防泄气。这就是要做出成绩，避免犯错误。

现在，最给人鼓气的是经济发展、人民生活改善、国力增强、国际地位提高。而最让人泄气的是不正之风。不正之风的漏洞不堵，气不仅不能鼓起来，而且会瘪下去。

根柢

树要根深柢固，才经得住狂风暴雨。人也一样。有些人平时看似很扎实，但一旦风云骤变，就成为像浮萍一样。这就所谓根柢浅。

人要根深柢固，一是要有坚定的崇高信仰。有了坚定信仰，就不致在黑云压城城欲摧时迷失方向，悲观绝望。二是要不计个人得失，把个人生死利害置之度外。后一条常常起决定影响。许多丧失立场、对革命事业叛变逃跑的人，可以相信自己的信仰是正确的，但是害怕受苦、害怕牺牲，终于在狂风暴雨中倒下了。

“何必曰利”

孟子见梁惠王，曰：“何必曰利，亦有仁义而已矣。”

其实，孟子讲的仁义，也是为了利，即利于为王。在孟子看来，不讲仁义，即不能为王，且有杀身之祸。

完全不讲利是不可能的。讲利并不就坏，在于是什么样的利。自私自利，这是坏事；为人民谋利，这是大好事。

没有人不谋利，所谋的利不同而已。

别作宋襄公

有些话说来实在动听，但是信了，真照着那么去做，一定遭殃。

比如，春秋战国时代的宋襄公就是一个典型的例子。当时大概流传着一种关于战争的动听理论，就是在战争中不乘人之危。比如，“古之为军也，不以阻隘也”、“不鼓不成列”、“君子不重伤，不擒二毛”。这可说是十分“仁爱”、“人道”。宋襄公信了，真那么做了。

那时楚国进攻宋国。楚军还没有完全渡河，宋国的指挥员请求出击。宋襄公不许。楚军虽然渡过河，但还没有摆好阵，又请求出击。宋襄公还是不许。等待楚军已摆好阵，宋军这才出击，结果宋军大败。宋国人批评宋襄公，他却还说，我虽然是商朝亡国之人，也不能攻击没有摆好阵的敌军。真是至死不悟。

现在不是也有人高谈许多动听的字眼？比如，脱离任何时空条件大谈所谓“民主”、“自由”、“人权”，“人权高于主权”，“主权的概念已过时了”等等，如果信了，真那么照办，必然遭殃。

往事越千年，千万别当现代的宋襄公。

“没有饭吃，为什么不吃肉”

中国古代有位皇帝，听说老百姓没有饭吃，就问为什么不吃肉。这成为昏庸皇帝最具讽刺性的典型。

但是，这决不是古今绝唱。

最近有位作者发表文章，反对从“五四”时期起就掀起的反对帝国主义运动。他引用胡适的话说，在不好的统治下，“人民觉得租界与东交民巷是福地”。这与没有饭吃可以吃肉，有异曲同工之妙。

是啊，在租界和东交民巷，有帝国主义“保护”，多好！但是，谁在当时能躲到租界和东交民巷去受“保护”？一般没有饭吃的穷光蛋，有资格躲到租界和东交民巷去吗？会受到帝国主义的保护吗？他们有钱吃大餐住饭店吗？这正像没有饭吃的人能吃肉吗！能躲到租界“福地”过逍遥日子的，只有失意军阀、下台政客、卷带金条银元逃跑的贪污诈骗犯、左拥右抱妻妾成群的财主阔佬。

胡适说这种话，并不奇怪，他不会想到一般人民是不可能躲到租界去的。但是经过将近一个世纪，在中国人民早就洗雪租界这个耻辱的21世纪，居然还有人怀念赞扬租界和东交民巷“福地”，真是匪夷所思。也许如果今天中国还有帝国主义的租界，对一些实在不愿过中国特色社会主义生活的人来说，真还是一个可以藏身的福地。有这种想法的人，也不奇怪，不是还有人认为，中国如果早成为殖民地这样的“福地”，中国早就发达了吗？

《江阴烈士传》序言

（1987年1月）

今天的中国，是用烈士的鲜血铸造出来的，其中也有流在江阴这块土地上的鲜血。

在这本烈士传中记载的烈士，我都不认识。但是有个别人，我不仅一直记得他们的名字，而且在他们生前曾见过。那是在他们被押赴刑场的时候。我至今还记得茅学勤同志等六位烈士被捆绑着，用黄包车拉着在我面前不到几米的地方过去的情况。当时我还年幼，不懂得他们不惜以生命为之斗争的伟大意义。但是从周围群众的议论中，我看到了他们的高大的形象。人们对他们大义凛然和慷慨就义的精神赞叹、惋惜、钦敬。而对国民党反动派竟然不放过与茅学勤同志等同时被害的十四五岁的孩子这一举动无限憎恶。这一时期，我还几次亲眼见到烈士们在刽子手的枪声中倒在血泊里。如果说有什么把我从幼小朦胧无知中唤醒，揭开蒙在我眼睛上的翳子，开始认识周围的世界，那就是烈士们的呼唤和鲜血。

烈士们离我们越来越远了，而他们为之捐出生命的革命事业已经、正在和还将取得一个个辉煌的胜利。我们的国家发生了天翻地覆的变化，江阴也已根本改变，这是可以告慰于先烈的。但是要实现先烈们的崇高理想，面前还有很长的路程，还要进行艰巨的斗争，还可能会有许多牺牲。

人是要有点理想的，生活才有意义。崇高的理想使人摆脱浑浑噩噩、卑微猥琐的状态，激发无比的勇敢和智慧，反抗黑暗、压迫、困厄、愚昧，追求人类的光明未来，既不为困难、挫折而沮丧，放弃斗争，也不因一时的胜利而陶醉，忘了目标。现在和将来，我们的国家多么需要先烈们那种对崇高理想的坚定信念和一往直前、义无反顾的英雄气概。

江阴人民有着维护自己高尚的信念而刚强不屈、英勇奋斗的光荣传统。烈士传的出版，将启迪和策励人们发扬光荣传统，牢固树立崇高的理想，坚定必胜的信念，沿着先烈们的足迹，为把我国建设成为繁荣昌盛的社会主义强国、实现共产主义理想而奋斗不息！

“七七”七十周年有感

（2007年）

“七七”是中国面临灭亡的关头，也是复兴的希望。“七七”是中国近代史的转折点。

当时人民的心情可用两个字概括：“悲”与“愤”。悲，是受尽屈辱，将当亡国奴，社会黑暗，生活困苦；愤，是日本侵略，国民党政府丧权辱国，不抵抗，打内战。

这时的中国就好像一个闷着的大火堆，“七七”的炮火一下引起大爆炸，大火在全国熊熊燃烧起来了。人民不顾一切，拼了。

经抗战的考验，中国人民选择中国共产党作为自己的代表。因为，共产党抗战最坚决；共产党的政策最代表广大人民的利益，把多少年来一盘散沙的中国团结了起来。

今天我的心情恐怕和大多数过来人一样，一则以喜，一则以惧。喜的是七十年来中国发生了多大的变化，自己为之奋斗的理想在逐步实现，怎能不喜？惧的是中国仍面临内忧外患，远非天下太平。外患是西方反华势力虎视眈眈，软硬兼施，亡我之心不死。内忧是在开辟旷古未有的中国特色社会主义道路上有种种艰难曲折，而有些人，甚至党员高级干部对已证明是正确的道路，发生动摇，甚至受到蛊惑，要走资本主义道路。这如何不惧？

今天纪念“七七”，最重要的意义是牢记七十年来的历史，坚决继续沿着走过的正确道路，不怕困难，勇敢前进。

一切的不平终会摆平
——九十感言

（2006年）

非常感谢大家对我如此隆重盛情的祝贺，还决定为我编了文集，这只增加我的惭愧。

回顾我的一生，为国家、为人民、为党实在没有做了多少事情，更没有什么值得记录下来的。聊可自慰的是跟着党，随着革命大潮，冲破了黑暗和屈辱，出了中国人共同的一口不平气。

自我出生，所面对的就是列强对中国的蹂躏，内战的频仍，生活的苦难。将当亡国奴的耻辱，战火纷飞的恐怖，饥寒贫穷的挣扎，这都是我亲生的经历和感受。我感到极大的不平和极度的苦闷。在文集中收录的我在上世纪30年代写的几首歪诗，就是反映我当时的思想情感。

可庆幸的是，共产主义和共产党使我看到了光明和出路，引导我走到了今天。今天，我们的国家不仅站起来了，而且日益壮大；没有了炮火连天的战乱，社会安定；人民

◎作者和他的重外孙

基本上解决了温饱，并开始走上小康。我认为这是对我一生最高最大的奖赏。我已心满意足了。

但是我也还不是完完全全心满意足，还有心不满、意不足的地方。我们的国家还不够强大，还不能使那些外国反华势力死了亡我之心；我们的社会还不够安定，一些人特别是相当高级的领导干部，不顾人民和国家，只图私利，贪污盗窃，欺压诈骗；我们的人民还不够富裕，特别是还有不少人没有解决温饱，过着十分穷困艰难的生活。应该说，我还有不平。

但是我究竟太老了，所谓余热，是微乎其微，已无能为力了。而且如果不自量力，自以为是，很可能不仅于事无补，反而添乱坏事。这是我的悲哀。但这是客观规律，无可奈何的事。我现在有可能做的就是过去俗话说的，出不了钱，出不了力，就帮个场子。自然，这还要看是否真需要和可能。对此，我自觉应该满足了。

无论如何，我对我国的前景是乐观的。一切的不平终究会摆平。中央提出，要建设和谐社会，我相信我们的国家和社会会越来越和谐。我们五千年泱泱文明古国，一定能空前灿烂辉煌。

有首《九十自嘲》的顺口溜：

活到九十实有愧，没有贡献只耗费。

但愿少给添忙乱，庶几老而免为贼。

孔老夫子曰："老而不死是为贼。"

一笑。

第六部分

编后新作

骂，能骂死人

（2009年8月）

骂，能把人骂死吗？似乎不会。三国诸葛亮当场把王朗骂死，只是小说。但是骂，的确可以把人骂死。前不久，韩国前总统卢武铉自杀，似乎就是被骂死的。至于“文化大革命”中，这种例子就更多了。

骂，无非两种目的，一是揭露批评，为了纠正错误，治病救人，这是善意的。一是为了把人批倒批臭，这是恶意的。

但是，也有原是善意的，但对错误缺点没有放在全局中加以分析，分清正确与错误的主次，攻其一点，不及其余，不计效果，缺乏警惕，把恶意当作善意，跟着人一起骂，结果事与愿违，没有达到匡正的目的，反而把人整死了。众口铄金，更不要说人。

不仅对一个人，对一个党、一个政府、一个国家，也一样。骂，可以起到纠正错误的目的，也可以把它骂倒。

所以能骂倒，就在对恶意的骂没给以及时的澄清批驳，好心人跟着别有用心的人一起骂。

原来的苏联，可说就是被骂倒的。首先是赫鲁晓夫，把斯大林骂得一无是处。苏联的党、政府，以至苏联的历史，是和斯大林分不开的，这就给苏联党、政府和历史也抹了黑。到戈尔巴乔夫，在全面民主化、实行人道社会主义和公开性的幌子下，发动全国上下，一起大骂。原苏联部长会议主席雷日科夫在他的《大动荡的十年》中说，“公开性在社会上可以取得两种截然相反的结果。这直接取决于谁掌握实行公开性的工具，……掌握在罪恶的、无耻之徒的手里，它会变成一根大棒，对周围的一切，不论好坏，不分先进落后，只知道一味地破坏和扼杀。”（第 246 页）“把新闻媒体、首先是电视和广播抓到手里，……打着多元化、公开性、言论自由等幌子，用一连串肮脏的谎言、恬不知耻的欺骗和实际上拙劣的蛊惑来诋毁我们的国家。”“他们把苏联时期说得漆黑一团，把它描述成‘极权主义时期’”。（第 302 页）”“有人用各种借口把侵略者和他的牺牲品、战胜者和战败者、斯大林和希特勒、苏联和法西斯德国相提并论。”（第 434 页）如果有人加以揭露批评时，“被立刻宣布为保守派、顽固派”。（第 318 页）在一片谩骂声中，苏联的党和政府再也站不住了，就此轰然垮台。

值得警惕的是，中国也有一批人，专门谩骂中国的党，骂中国的社会主义革命和建设，骂毛泽东，把中国革命和建设的历史说成是不断的灾难。由于专挑错误缺点，所说的有些也是事实，于是迷惑了一些好心人，善恶不分，随声附和。结果会如何，殷鉴不远。更值得担心的是，似乎这还没有引起大家的足够重视。中央一再提出，要有忧患意识，居安思危，这就是忧患思危之所在。

该喝倒彩

（2009年9月）

台湾实行资产阶级民主制度——多党制，结果选出的领导人，一时是“总统”，一时又成为罪犯，把台湾搅得天翻地覆，人民受尽了折腾之苦。而有人却为此喝彩，认为这正是台湾民主的精彩。还有人要大陆学习台湾实行民主的经验。

但是怎么没有想想，在这个“精彩”的背后，台湾人民付出了什么样的代价。更没有想想，为什么要选出那样折腾人民的领导，而不能选举一个为人民谋利的人？

有人会说，这是实行民主的必然过程，也是应该付出的代价，随着每一次的失败，台湾的民主制度就会得到进一步改善。但是这个过程要多长呢？有没有完呢？世界上绝大多数发展中国家都实行了资产阶级民主制，时间不能不说已够久，但是折腾的情况似乎不仅没有尽头，而且有越来越厉害的趋势。美国《外交》2008年3–4月号文章说，

“世界陷入了民主倒退”，“全球独立国家中约有60%实行了民主制”，但是“若干关键国家民主已被推翻，民主俱乐部的大多数新成员以及某些老成员都表现糟糕”，“未来十年里，决定民主的命运的将不是在剩余的‘独裁’国家中它能传播多远，而是陷入困境的民主国家的表现。这份名单上将有50多个国家，其中包括大多数拉美和加勒比国家，亚洲8个民主政体中的4个，已转型为民主政体但未加入欧盟的前苏联国家，以及非洲几乎所有的民主国家”。为什么竟然如此？原来“陷于困境的民主国家几乎普遍受到治理不善的困扰。有些国家似乎深陷于腐败和暴政的模式”。这不也就是台湾的情况吗！

实行资产阶级民主，领导人真是人民选择的吗？实行资产阶级民主——多党制，代表资产阶级这个集团的党得势，压倒其他党派，就从自身的利益出发，推出自己的人当领导。进行所谓普选，实际上，哪个集团的党捞到竞选的钱多，能上报纸、电视、广播、网络，声音大，能收买人，它就会赢，否则，就不行。因此，选出的领导人，好像是人民的选择，实质上不过是某个党或某几个党的选择。实行资产阶级民主——多党制，结果只能如此。

有些人为台湾民主带来的折腾叫好，这不应该是喝彩，而要喝倒彩。

要中国大陆向台湾学习民主，这是要大陆学成像台湾和美国《外交》杂志所说的那些民主国家那样。这种情况，中国人民并不完全陌生，旧中国已经经历过。

中国的民主制度并不十全十美，还须努力改善，但是人民决不会抛弃社会主义民主，换上资产阶级民主，交出当家作主的权力。

民主与合法

（2009年9月）

中国人民在中国共产党领导下走过了60年，国家发生了巨大变化，已从“东亚病夫”成为东方巨人。但是有人却质疑政权的合法性。

评判一个政权是否合法，标准是什么？最根本的应该是：是否民主。民主，就是合法的，不民主就不合法。

如何取得民主，无非两种途径，和平的，非和平的。不能认为只有和平的，才是合法的，非和平的就非法。通过和平途径，当然好，但是在专制统治下，常常不行。通过非和平的途径，不能认为就坏。如果和平的途径不可能，人民决定选择非和平途径，这完全正当。

比如清王朝末，丧权辱国，民不聊生，腐败透顶，不能经过和平的途径推翻这个与民为敌的政权，人民在孙中山的领导下，以非和平的方法达到了推翻的目的，没有任何人认为这是非法。

又如辛亥革命后，虽然成立了共和国，但北洋军阀篡夺了政权，人民并没有能当家作主。人民在国民党联合共产党的领导下，举行北伐，推翻了反动的北洋军阀统治。只是在北伐取得胜利的时候，代表封建主义、官僚资本主义势力的国民党统治集团转而打杀代表工农劳动人民的共产党，攫取政权，实行专制。但是北伐并没有被认为非法。

抗日战争胜利，国民党违背人民要求和平民主建国的意愿，反对代表人民的共产党和其他民主党派，发动内战。结果被人民推翻，建立中华人民共和国，这没有被认为非法。世界各国与中国政府建立了正式外交关系。

一个民主政权的产生，应该由人民选举产生。但是可以有这样的选举形式和那样的选举形式。不能认为只有一个形式才是合法的。决定是否合法，在是否真能实现民主。能实现的，就是合法的，不能，就不合法。所谓实现民主，不能只看形式，而要看实质。民主的实质，就是人民是否真正当家作主，也就是是否代表和实现广大人民的意愿。能够，就是实现了民主；只是表面民主，实际上违反广大人民的意愿，这就不是民主。

现在有一些人否定中国政府和共产党作为执政党的合法性。理由是，不是选举产生。而他们所谓的选举，只以西方资产阶级民主形式为唯一标准，就是多党竞选。他们不看民主的实质，只看形式。实际上，中国政府和共产党执政是完全经过选举产生的，但是通过人民代表大会和政治协商会议、共产党领导的多党合作等，也就是中国特色社会主义民主形式。而一些人根本否认社会主义民主。他们更不看在中国共产党执政的60年间，中国已从被人踩在脚底下，不仅站了起来，而且越来越强盛，实现了中国人民的最大愿望。这是真正实现了民主。

那些只讲形式，而且只以资产阶级民主形式作为唯一标准的、自认为最主张民主的人，实在还不如西方一些有识之士。他们不是只从形式上看民主。美国研究中国问题的著名专家沈大伟认为，政治学家评价执政党合法性的标准是，“一个国家的人民是否认为他们的执政党和政治家在为他们谋福利，保护他们的国家利益，鼓励他们建设一个更加美好的社会”。而他认为，“中国共产党证明了它的合法性，很好地保护了国家利益，提高了中国在世界上的地位，改善了人民的生活，发展了国家经济，而且改善了人民的文化生活。”（《参考消息》2009年9月17日）这位先生大概不是共产党，也不是无产阶级，但他比那些自认为高人一等的、只以西方民主形式为民主标准的，有的还是老共产党员的人，是不是还高明点儿？

瞻前顾后

（2009年9月）

瞻前顾后，有两层意思：一是贬意，犹疑不决；一是褒意，办事谨慎。其实，还有更积极的意义。这是社会发展的正确途径。一个人、一个社会、一个国家总要不断总结，不断树立理想、规划和目标。总结是顾后，树立理想、规划和目标是瞻前。

人大概每年要过生日，这就是要回顾过去一年和瞻望来年。我国纪念改革开放30周年和庆祝新中国建国60周年，也是瞻前顾后。人、社会和国家就总是在这瞻前顾后中向前发展的。

人、社会和国家的发展是一个历史过程，一个阶段是建立在前一个阶段的基础上的，没有前一阶段，不可能有下一阶段。不能割断历史。列宁说过，无产阶级文化是不可能凭空创造的，而是在过去阶级社会形成的文化基础上发展而成的。社会主义社会也是建立在过去阶级社会的成果上的。这是一个扬弃过程，抛弃不符合客观现实的，保留符合现实的。因此，人、社会和国家总要不断进行回顾总结，树立理想、规划和目标，以利于向前发展。这也就是瞻前顾后。

瞻前顾后可说是不可分的。不顾后无以瞻前，不瞻前也难以顾后。不顾后，不知道过去哪个做错了，哪个做对了，哪条路是正确的，哪条路是错误的，这就难以瞻前。常说，了解过去、知道现在，了解现在、知道将来。不了解过去就不易了解将来。不瞻前，也不利于顾后。瞻前，才更容易辨别过去哪些有害前进，必须破除，哪些有利发展，应该继承发扬。

穷过渡，是只瞻前、不顾后，不管自己处于过去建立的什么基础上，站在什么起点上。“文化大革命”是只顾后、不瞻前，只向后看，不向前看，纠缠于过去。

我国是有五千年文化的国家，我们的新社会是建立在过去优良的文化基础上的。过去的文化，哪些必须摒弃，哪些应该继承发扬，这要在瞻前顾后中解决。如对于孔老夫子，五四运动时期、推翻“三座大山”的革命时期，都是否定的，要打倒孔家店。鲁迅说，从书里看到的都是吃人两个字。现在，在建设中国特色社会主义，对孔子评价很高，一时形成《论语》热，在各国建立孔子学院。新中国成立前，瞻前顾后，认识到孔子的一些主张有利于维护旧社会，不利于革命，因此必须反对。而现在是以建设为中心，孔子的有许多主张对建设有益，所谓半部《论语》

治天下。因此应该继承发扬。对孔夫子也要扬弃。就此来看，对孔老夫子“前倨后恭”，也就不奇怪了。

建设中国特色社会主义必须不断瞻前顾后，这才能破旧立新，保持正确的前进方向和道路。现在有两种思潮，一种是要求回去搞“文化大革命”的无产阶级专政下继续革命，一是要照搬西方的资产阶级政治制度。两种思潮都没有瞻前顾后。前者是不顾过去无产阶级专政下继续革命曾给中国带来怎样的恶果，也不前瞻中国今后最重要的是要建设，只破不立新。而后者是只顾瞻前，以为照搬西方资产阶级政治制度是立新。其实这完全是旧货，辛亥革命后，中国人民早就受够它的苦了。这是名曰立新，实际是不破。

瞻前顾后，是符合事物发展规律的，应该提倡。

堰塞湖的联想

（2009年9月）

西南发生严重山体滑坡，形成大堰塞湖，处理不当，会造成又一个大灾。这牵动了全国上下的心。好在处置得当，开口泄洪，化险为夷。对付洪水，一直是中国人民的大事，至今人民还想着大禹，他治水不能堵只能疏的指导方针，至今成为人们的至理经典。

防民之口，甚于防洪。对于人民的思想问题，和治水是同样的道理，要疏，不能堵。只是堵，问题越积越多越大，以致不可收拾，酿成大灾。毛泽东主张“放毒草”，让人们经风雨，并一再要扩大《参考消息》发行范围，这也是疏的道理。邓小平说，对待思想问题不能用行政手段解决，这是说，不能堵。

疏导，这是两个概念，但紧密联系在一起。不能只疏不导。堰塞湖开口泄洪，这是疏。但是泄洪之后还要导。导有两层意思，不仅要开渠引导泄的正确方向，还要在堤的左右两岸修堤，阻止不正确的流向，否则仍然有横流成灾的危险。对思想问题也一样，要疏，还要导，不仅正面引导，还要加强批评，对“左”的偏向和右的偏向进行有充分说服力的揭露批判。决不能放任自流，或只引不批，否则后果不堪设想。

对思想问题，过去曾发生两种偏向，一是“左”，只堵。这是在“左”的思想影响下，特别是在“文化大革命”中。一是右。这是在改革开放后，对资产阶级自由化不批，酿成1986年和1989年两次事件，导致中央两个领导人先后下台。两次由于处理及时，未酿成灭顶大祸。

现在国家蓬勃发展，改革开放更加深化，思想上未完全解决的老问题加上新问题，可说问题更多更大。经济问题解决不好会翻船，思想问题解决不好也会翻船。这是涉及能否顺利建设中国特色社会主义的大问题。

思想问题根本还是两个，一是“左”，就是重捡改革开放前的一套，一是右，就是照搬西方资本主义的一套。改革开放是针对过去“左”的，不批“左”，就不可能改革开放，因此自十一届三中全会以来，对“左”的批与防是一直抓得比较紧的，但是对于右的偏向，却情况不同。由于改革开放是要走出一条新路，哪是最正确的，一时不易拿准。因此对什么是右了，不敢随便出手。即使是明显的右，有些干部为了怕影响反“左”，或怕被说作是“左”，放松了批。这造成了上述的恶果。这可能就是所谓批右易“左”，批右易“左”的一个倾向掩盖另一个倾向的规律吧。

现在的思想情况如何？应该是一个非常值得研究和重视的大问题。是不是与过去根本不同了？噪音杂音没有了？或大大减少了？似乎不是，有的声音还更高了。特别是右的噪音杂音。现在有些党员干部贪污受贿上百万千万不说，一些老干部、甚至高级领导干部对共产主义、中国特色社会主义的理想信念发生动摇，对西方资本主义意识形态和思想观念不仅不加抵制，还随声附和。如果说有的过去还掩掩遮遮，现在则公然鼓吹。如说什么“西方议会制是现在可以找到的最好的政治体制、民主形式。……所以在中国目前条件下，首先必须确定政治体制改革的最终目标，是要实行这种先进的政治制度”。有的诋毁中国特色社会主义，宣扬实行民主社会主义，或把西方资产阶级主张的所谓民主、人权，说作是普世价值，必须遵守奉行，等等。

应该说，“左”的噪音杂音也仍然有，特别是在改革开放中发生一些问题或挫折时。但是过去“左”的那一套已经在实践中被证明完全错误，在人们的心目中已破产，现在已没有多少市场。而且它没有国外的响应和支持。今后的问题可能主要是在改革开放深化时要不断破除一些长期形成的习惯势力和陈旧观念或新产生的过激思想。而右的一套，由于我国还处于社会主义初级阶段，仍有产生这类思想的某些经济社会土壤，并还有一定的市场。特别是资本主义仍然统治着世界，西方资产阶级统治集团仇视社会主义，对中国的发展，千方百计加以遏制。美国的著名经济学家、地缘政治学家威廉·恩道尔的新作《霸权背后》即说，“美国用‘人权’、‘民主’作为‘21世纪的鸦片战争武器’。按照美国国会的官方统计，1999–2006年，美使用或拨款1.1亿美元用于在中国实施‘民主’相关的项目。受到美‘国家民主基金会’资助的涉华机构或中国机构日益增多。应该说，资产阶级自由化的思想偏向是现在面临的危害最大的主要问题。”（《参考消息》2009年9月26日）

中央不断强调要增强忧患意识，居安思危。对于那些危害最大的思想和言论，当然决不能不问不闻，听之任之。问题在必须落到实处。对于公开鼓吹反对四项基本原则，反对中国特色社会主义，附和资产阶级自由化的言论，必须坚决处理。不仅要从正面加以引导，还要对其错误公开坚决进行批评。对此应该明确领导责任，真正做到谁主管谁负责，不负责任发生问题要严加追究。

要尽可能预先修好疏导工程，不使发生洪水泛滥和堰塞湖，如果发生，必须疏，还必须导。在思想领域也一样。

必须对症下药

（2009年9月）

对一个正常人，为了更加健康，只要增加营养、加强锻炼就可以了。而对于一个将病和初病的人，就不能只靠增加营养和加强锻炼，而还要对症下药。至于已病，特别是病重的人，那更主要靠药。轻药还不行，还要靠重药，否则不仅对病无益，而且可能延误医治，导致不治。

思想意识问题也一样。对于一般人，主要是加强教育，提高认识。对于思想认识浅薄、有些小错误的人，除了加强思想教育外，要针对他的毛病，进行批评。至于犯有大错误的人，那更要针对他的错误进行严肃的揭露批评斗争。

现在我们党内干部的思想问题情况如何呢？《中共中央关于加强和改进新形势下党的建设若干重大问题的决定》说，党内存在“不符合党的性质和宗旨的问题，主要是：一些党员、干部……理想信念动摇，对马克思主义信仰不坚定，对中国特色社会主义缺乏信心”。“有些领导干部宗旨意识淡薄，……弄虚作假，铺张浪费、奢靡享乐，个人主义突出”。“一些领导干部特别是高级干部中发生的腐败案件影响恶劣”。

问题不能不说很严重。特别是第一位的问题是，理想信念动摇，对马克思主义信仰不坚定，对中国特色社会主义缺乏信心。这应该说是最根本的问题，其他宗旨意识淡薄、个人主义突出、高级领导干部腐败等，都是理想信念动摇和缺乏信心的一些表现。

国内外的敌人正千方百计地要“西化”、“分化”我国，而堡垒最容易从内部攻破。中央在《决定》中再次提出“必须居安思危，增强忧患意识，常怀忧党之心”。党内出现的这些问题，正是堡垒最容易被攻破的地方，是应思之危，应忧之患，党忧所在。

病，检查出来了，病的根源的诊断也是准确的。现在的问题是如何下药。

针对党内思想状况，必须在全党进一步加强马克思主义理论学习，特别是“把理想信念教育作为全党学习践行社会主义核心价值体系的重中之重”，“筑牢思想防线，自觉划清马克思主义同反马克思主义的界限”。（《决定》）但是这只是适合于一般党员干部。至于对那些理想信念动摇，对马克思主义信仰不坚定，对中国特色社会主义缺乏信心的人，特别是高级干部，这显然是远远不够的。这正像让已得重病的人，只是增加营养，加强锻炼，已不起作用。对这些人还必须用重药。

对于那些理想信念动摇等的人，特别是高级干部，必须按照《决定》，“从关系人心向背和党的生死存亡的战略高度”，坚持原则，敢抓敢管，勇于揭露他们的错误，旗帜鲜明和有理有据地彻底批判他们的谬论。至于一些已触犯党纪和已蜕化变质的人，必须“严肃党纪”。只有这样，才有可能挽救一些人，消除思想污染，防止蔓延扩散。也只有这样，才能始终保持党的先进性和纯洁性。

革命尚未成功

（2009年9月）

革命成功了吗？这个问题对一般人来说，可能会觉得突然，一时踌躇，不好回答。这也不奇怪。革命这个词一般已很少用。这大概因为对于“无产阶级专政下继续革命”的这个革命，已经受够了苦，伤透了心。至于社会主义革命，过去主要是指新中国建国后实行工商业改造，建立社会主义公有制，这早已完成。现在是进行社会主义建设，不是革命。

但是，中国共产党成立，和一个人加入共产党时，都明确目的是要实现共产主义。至于推翻旧社会，完成工商业改造，进行社会主义建设，显然都只是实现共产主义长征中的一步，要达到共产主义目标，还有很长的路。

因此，革命远未功成，还要革命。但是革命的任务已不是过去推翻旧社会的斗争，也不是建国初期的社会主义改造，更不是“文化大革命”的继续革命。

今后的革命是继续向共产主义前进。革命的任务基本上是两个方面，一是探索向共产主义前进的道路；一是克服一切阻挠前进的思想和行为。就前者来说，这是一条从来无人走过的道路，前进时会发生种种艰难险阻和问题，必须披荆斩棘，开山辟路，不断克服和解决困难和问题，从理论上和实践上开辟出一条继续通向共产主义的道路。就后者来说，有主观上的，也有客观上的。主观上的，人们并不能时时事事都完全按照唯物辩证法来认识事物，常常是犯了错误、碰了壁，经过挫折才认识到位。因此要不断提高马克思主义思想水平，克服主观主义，力求少犯和不犯错误。客观上，世界经过长远的阶级社会，旧观念的影响深远，现在仍是资本主义汪洋大海，在世界上占统治地位。它与社会主义不共戴天，对处于绝对少数的社会主义中国实行“西化”、“分化”，软硬兼施，必欲致之死地而后快。在国内，一些因个人或极少部分人利益关系或受资产阶级自由化思想蛊惑的人，想方设法地反对建设社会主义。因此不能不与各种错误思想和反动阻力不断进行坚决斗争。

以上无论是主观上的或者客观上的问题，都不是短时间内就可以轻易解决。因此，要继续向共产主义前进，必须保持坚定的信念，卓越的胆识，无畏的勇敢，坚韧的毅力，也就是坚持崇高的革命理想和充满无比的革命斗争精神，决不允许有任何动摇松懈，或者丧失政治警惕。

经过60年来的斗争，现在我国取得了世界称奇的辉煌成果，正是乘胜前进的时候，却有不少现象，表现出似乎相反的情况。且不说人民痛恨的有不少干部甚至高级领导干部贪污受贿，动辄百万千万，有些人包括所谓老干部，在困难和挫折面前发生信仰动摇，甚至被资产阶级思想俘虏，转向蜕变，成为西方反华势力的帮凶；有些人只求你好我好，一团和气，一心只想着个人的发展，安享革命和建设成果，对各种错误和反社会主义思想行为进行批评斗争顾虑重重。土改时期，在太行有一个顺口溜："三亩地，一头牛，老婆孩子热炕头"。这是指一些土改积极分子得到了土改果实后，就停步不想继续斗争了。是不是现在也出现了这种问题呢？

中央一再提出，要增强忧患意识，居安思危，核心的问题是不是就在革命的旗帜举得不那么高了，或者干脆卷起来了？

革命尚未成功，同志仍须努力！

后记

为编好此书，成立了编辑小组，由国务院新闻办公室原主任曾建徽任组长，原外宣部门的老同志金晖、田丹、范信龙同志任组员。他们负责本书的总体策划、文稿的挑选，部分标题的改动、部分文章的删节以及写序。

五洲传播出版社总编辑李向平、副社长雷珈等同志对本书的出版给予了热情的支持。

本文集编好排版后，作者又有十余篇新作，现选入7篇。收入本书的全部文章，出版前经作者朱穆之一一过目。